LOELOERAAI

LOELOERAAI

C.J. LANGENHOVEN

CruGuru

LOELOERAAI

ISBN: 978-1-920414-69-6

Eerste uitgawe 1923

Hierdie uitgawe uitgegee deur CruGuru in 2011

www.cruguru.com

Johannesburg

VADER TYD:
En ek het tot hiertoe nog maar
een weg gesien waardeur nasies en mensies
hulle geluk gevind het, en dit was die weg
waarop hulle hom self uitgewerk het.

"Die Vrou van Suid-Afrika"

Aan wie sal ek hierdie boek opdra? Hy handel oor 'n wese wat nie 'n mens is nie, wat hoër as 'n mens staan — 'n onbereikbare meerdere.

Ek dink ek sal na die teenoorgestelde uiterste gaan — en dan sal ek nie ver hoef te soek nie. Ek het lange jare gelede 'n vriend verloor — 'n vriend wat ek liefhad en wat my liefhad. Ek sal hom seker nooit weer sien in der ewigheid nie; maar in der ewigheid sal ek hom nooit vergeet nie. Nou nog, ná al die jare, gaan daar nie 'n dag om nie of sy beeld kom voor my en ek treur oor hom. Vir hom was èk die meerdere — 'n Loe-loeraai van 'n hoër bestaan. Vir my was by die uiterste volmaaktheid wat ek op die aarde aangetref het, van liefde en trou en deug. En ek het hom verloor, en ek verlang, verlang, verlang...

Aan sy nagedagtenis dan dra ek hierdie werkie op:

AAN DIE NAGEDAGTENIS VAN
MY VRIEND EN HOND
JAKHALS

Ver deur die wilde woesteny het die teergevoelige engel gekom. Hy was diep bedroef oor die moorddadigheid en die roofsug en selfsug en roekelose wreedheid wat daar heers. En sy hart was baie seer van medelye. Want in die wilde bosse en tussen die ongediertes het hy 'n man en 'n vrou gekry, verstote, hulpeloos, ellendig.

Eindelik sien hy van 'n hoogte af 'n lushof waar daar vrede was en oorvloed en geluk. En hy haas hom daarheen om te ondersoek of hy nie die arme ongelukkige mensepaar kon gaan haal en daar inbring nie. Hy kom by 'n ondeurdringbare doringomheining. Hy loop daarlangs tot hy 'n ingang kry aan die ooste.

Die poort was oop, maar weerskante staan 'n skildwag, kalm, gevoelloos, onverbiddelik. En tussen hulle, soos 'n kolossale omgekeerde pendule, swaai 'n swaard heen en weer van die een pilaar tot die ander. En met sy swaai flikker hy soos vlammende bliksems.

"Daarbuite in die wildernis is twee ongelukkiges," se die engel aan die poortwaarders. "Kan ek hulle gaan haal en hier inbring?"

"Hulle was hier," was die antwoord. "Hulle het nie gedeug nie. 'n Tweede proef is oorbodig. Hulle moet wag tot hulle genoeg wysheid en vernuf geleer het om hierdie swaard opsy te druk. Dan sal ons hulle weer laat ingaan. En dan sal hulle daarbinne deug."

C.J. Langenhoven

Cornelis Jacob Langenhoven (13 Augustus 1873 – 15 Julie 1932) was 'n Suid-Afrikaanse skrywer, koerantredakteur en politikus wat 'n ontsaglike groot rol in die Afrikaanse literatuur en kultuurgeskiedenis gespeel het. Hy het onder die name C.J. Langenhoven en Sagmoedige Neelsie geskryf.

Langenhoven is in Hoeko, Ladismith gebore en later verhuis hy na Oudtshoorn waar hy naderhand die dorp se mees bekende inwoner word. In die jaar 1893 begin hy in Stellenbosch in die regte studeer en later bekwaam hy hom as advokaat.

Mettertyd verander hy van beroep en gaan oor tot die joernalistiek. Hy word die redakteur van die koerant *Het Zuid-Westen* in 1912 en hy bestee verder baie tyd daaraan om die nuwe taal, Afrikaans, te bevorder. Hy is ook 'n stigterslid van die nuwe Afrikaanse koerant *Die Burger* en hy lewer gereeld bydraes onder die skuilnaam Sagmoedige Neelsie.

Later tree hy toe tot die politiek en word hy lid van die Parlement van Suid-Afrika in 1914. Hier spits hy hom toe daarop om Afrikaans as amptelike taal erken te kry. Hierna word hy agtereenvolgens lid van die Kaapse Provinsiale Raad, die Volksraad en die Senaat.

Langenhoven is mees bekend vir die oorspronlike Volkslied van Suid-Afrika, *Die Stem van Suid-Afrika*, wat hy in 1918 geskryf het. Vandag vorm 'n passasie uit *Die Stem van Suid-Afrika* 'n deel van die huidige Volkslied van Suid-Afrika.

Langenhoven se skryfkuns het baie verskillende genres aangeraak, van poësie tot spookverhale. Hy het verder ook verskeie werke in Afrikaans vertaal. As skrywer word hy die beste onthou vir sy humoristiese en satiristiese werke en hy was verder welbekend vir sy skerp sin en sagte maniere.

OMTRENT HIERDIE UITGAWE VAN LOELOERAAI

In hierdie uitgawe van Loeloeraai is alles wat in die oorspronlike uitgawe voorkom so ver moontlik onveranderd gelaat. Selfs die taal- en stylvorms wat nie meer in moderne Afrikaans gebruik word nie, is nie verander nie, want om daaraan te torring sou Langenhoven se unieke skryfstyl ongedaan maak, en dit sou ook 'n groot oneer aan sy nalatenskap besorg. Klein gedeeltes wat vandag nie meer as "polities korrek" beskou mag word nie, is ook nie verander of weggeskryf nie, want dit moet slegs gesien word in die lig van die sosiale- en politieke gewoontes en -gebruike van die tydperk waarin dit geskryf is.

'n Minimale gedeelte van hierdie boek moes egter aangepas word om nie aanstoot te gee nie.

Die Uitgewers
2009

INHOUD

1. TWEE BESOEKERS

ONS twee oues, ek en Vroutjie — nou ja, ons een oue dan — het onder Herrie se eikeboom gesit en mekaar se handjies vasgeou. En wanneer ek dit sê dan bedoel ek natuurlik ek het háár hand vasgehou. Tussen ons twee is dit altyd ek wat die verleë aangetroude familie is.

Ons voordeur gaan sonop se kant toe oop. So behoort 'n mens ook jou huis te bou, en as hy anders gebou is, is dit raadsaam om hom te vat en om te draai. Want as jou oggend sonder sonneskyn begin, is jou hele dag droewig en beneweld. Buitendien dan verslaap jy jou. My kamer is so vroeg warm dat ek nie 'n wekker nodig het nie. Die vlieë maak my wakker. Ek moet nog eendag 'n leersame en lesenswaardige opstel oor die vlieg skryf. Nie hier nie — ek is vereers met iets anders besig.

Agter ons huis, maar weg van die agterdeur af, skuins eenkant toe, staan die groot eikeboom waar ons olifant Herrie in die eerste dae van sy diens aan twee bokwakettings vasgestaan het; en onder die boom het ek 'n lekker gemaklike en netjiese rusbank gemaak vir my en Vroutjie om in die aande op te gaan sit en mekaar se handjie vas te hou en die sonsondergang te bewonder. Die aande, meen ek, wanneer Vroutjie in 'n digterlike en liefderyke bui is. (Ek is altyd in albei.) Want soos dit twee mense kos om te twis, al bly een ook stil, so kos dit twee mense om te vry, al bly een ook koel. Soos ek gese het, die eikeboom het bietjie weggestaan en Vroutjie wou koelte hê op die agterdeur teen die bloedige namiddagson. Toe het sy vir haar daar 'n peperboom geplant — een van die bome wat jy nie vir die verre nageslag hoef te plant nie. En hierdie een was gou, bo en onder. So gou dat sy wortels die derde jaar die huis begin op te lig het. Voordat die opdraand binnekant te steil geword het, het ons dan die boom afgekap. Vroutjie het gekap en ek het bygestaan en by elke hou gese Hê! (Ons het ons werk so verdeel dat sy die buitewerk doen en ek die huiswerk — behalwe wat nou eintlik vroulike huiswerk is.) Maar toe die boom af was, was ons opgeskeep met 'n klomp allementige lange wingerdranke. 'n Paar jaar vantevore het ek stokkies gekry om vir my 'n wingerd te plant — want wat maak 'n mens sonder 'n wingerd? — en hulle ingelê. Planttyd was ek hier doende en daar doende en so het die stokke maar in die peperboom opgerank. Toe hy nou onder hulle uitgekap was, het ek 'n netjiese somerhuis van pale en sparre daar opgesit en sommer die ranke deurgevleg. Toe die somerhuis klaar getimmer was, was hy meteens klaar toegegroei ook. Vroutjie had haar koelte en ek sou my druiwe hê — meer as wat ek uit twee wingerde kon gekry het. Ek moet hier byvoeg, ter wille van volledigheid, dat die skema uiteindelik misluk het. ('n Mens moet ook nie 'n onderneming 'n "skema" noem nie, dan misluk by vanself. Al is dit ook 'n besproeiingswerk.) Toe die eerste jaar se druiwe volgeswel was en hier en daar 'n trossie bont word — maar ek verseker jou dit was alte pragtig om te sien! — toe sak die somerhuis van die gewig van die druiwe inmekaar. My werk was deeglik genoeg gewees; die pale en sparre was te swak.

Maar die aand waar ek nou van praat, was nog vroeg in Desember toe die somerhuis op sy beste van sy dae was. Dit was sterk skemer. Herrie, die olifant, nes 'n yslike hansvark, altyd ongeërg en onverstoord, kalm en bedaard, maar altyd lomp woelig, was besig om rond te snuffel. Hier keer hy 'n kookpot om wat van die skuur nog daar bly staan het, om te sien of daar nie kos onder tussen die pote oorgebly het nie, terwyl die binnekant dan leeg was. Daar trek hy 'n potplant uit voordat hy proe dat dit nie eetbaar is nie. As ek weer sien, het hy 'n wingerdrank beet en hy ruk byna my somerhuis om; dan moet ek hom met 'n klip verwilder. Jakhals lê by my en Vroutjie op die bank — hy is mos één van ons twee — aan die slaap, met sy kop op ounooi se skoot. Engela is vlytig in die huis besig, vermoedelik met haar persoon.

Hier en daar begin van die ander sterretjies een vir een opgesteek te word. Maar vlak voor ons, nie van die dag nie en nie van die nag nie, tussen die westerglorie van die hemelkleure wat deur die ondergegane son 'n wyltjie agtergelaat is, en soos 'n vlammetjie op 'n bed van gloeiende kole, skyn die aandster goudblink met 'n vaste, troue glans wat straal sonder om te vonkel. Teen die berge in die verte wat ons gesigskring beperk en waar hy later ook sal ondergaan agter die son aan, en op die laer heuwels duskant hulle, en oor die ghwarrievlakte aan hulle voet, en die landerye van ons plasie, sak die duisternis dikker en dikker toe en die omtrekke van boom en bos en muur en laning raak verlore. Van alle kante begin die stemme van die nag na ons toe aan te ruis. Nou en dan lig Jakhals die punt van sy los oor op en frons sy voorkop en kry amper een oog oop; een slag (dit was 'n kat) tel hy sy kop op. Maar hy gee 'n sug en by slaap maar weer. Op ounooi se skoot is saligheid.

"Ek wonder, Vroutjie," se ek, hardop mymerend, "of daar mense op Venus woon."

"Venus?" vra sy, ingedagte.

"Ja, Vroutjie. Op daardie heerlike aandster. Hy moet 'n bekoorlike wereld wees. Hy's so te sê net so groot soos die aarde, en byna 'n derde nader aan die son."

"Dis hier al warm genoeg," se Vroutjie ondigterlik.

"Ja, Vroutjie, maar Venus het sy beskerming. Hy is met ewigdurende dikke wolke bedek. Daarom kan die sterrekykers nie uitmaak of daar aanduidings van die werke van inwoners is, soos kanale en stede nie."

"Waaroor maak jy jou tog oor sulke dinge moeg, Ouman? Is daar nie na jou sin genoeg mense hier op die aarde nie?"

"Genoeg nie, Vroutjie? Hier is te veel. Oorvloediglik en oorbodiglik oorgenoeg."

"Nou ja?"

"Nou ja. Te veel en te naby. As ek wis dat daar op die ander wêrelde mense woon, sou ek hulle baie liefhê. Hulle versondig my nie. Daarom sê die gebod dat 'n mens jou naaste moet liefhê. Vir die wat op 'n afstand is, was daar geen gebod nodig nie... Buiten wat 'n mens se vrou en kinders betref," val dit my betyds by om by te voeg.

"Ouman, ons kan die aandster môre-aand weer sien en ons met bepeinsings oor sy bewoonbaarheid besighou. Kyk vereers daardie snaakse vliegtuig regoor ons kop."

Ek en Vroutjie was eenmaal in 'n vliegtuig op. Van skone weelderigheid en net om te kon sê ons het gevlieg. Van daardie tyd af stel sy 'n persoonlike belang in die goed, asof almal hare was, maar hier onder van die harde grond af. Maar dit was 'n snaakse een hierdie slag. Langwerpig-rond nes 'n reusagtige eier, geelblinkend teen die laaste skynsel van die aandrood. Maar geen vlerk of stuurkajuit daaraan nie, en geen mandjie onder nie. Anders sou ek gedink het dit was 'n lugballon.

"Engela, Engela!" roep Vroutjie. "Kom kyk wat kom hier aan."

"Ek kan nie nou uitkom nie, Mamma," hoor ek uit die binnekamer. 'n Half-ongeduldige, half-belemmerde stem. Haarnaalde, dog ek. (Ekself sou my nie met daardie soort nimmerstakende moeilikheid vrywillig teen my sin belas nie. Maar 'n meisiemens is nou eenmaal bestem om 'n vroumens te word.)

Ondertussen kom die lugding al dalende nader.

"Wragtig, Vroutjie, hy is van plan om op my somerhuis te kom sit." En ek vlie weg somerhuis toe en ek swaai my arms en ek skree. Jakhals hardloop saam, blaf-blaf, meeste op sy agterpote, om die vyand halfpad te kan ontmoet. Herrie kom ook nader, slurp orent. Ek sou gedink het ons moet 'n skrikwekkende vertoning gemaak het. Maar ek kon nie merk dat die vliegman — as daar een in die dop was — hom aan ons steur nie. Ek wis ook nie hoe hy ons kon sien nie, want daar wys geen die minste venster of opening aan die onderkant van die ding nie. Hy sak stadig tot hy 'n twaalf voet van die grond af is, maar net soos ek my klaar maak om my meesterstuk te sien verongeluk, gee die ding 'n swaai; en stil en sag soos 'n veerdons kom hy op die gelyk grond vlak voor my tot rus.

Toe kom Vroutjie ook by en Engela kom by die agterdeur uitgevlieë. Sy kan haastig klaar maak wanneer sy nuuskierig is. Jakhals beruik die onbekende voorwerp rondom maar sonder blykbare bevrediging. Herrie kyk vir my met 'n hoopvolle blik aan, maar ek gee hom nog nie aanmoediging nie.

"Nee, Herrie," sê ek, "wag eers. Altemit sal ek jou 'n bietjie naderhandter nodig kry."

Ek loop die bol om en om en ek trek vuurhoutjies, maar daar is nie die minste opening te sien nie, nie soveel as 'n naat of 'n voeg nie. Dis blykbaar één vaste stuk metaal; omtrent twintig voet hoog en twaalf of vyftien voet in die wydte; glad-blink soos 'n spieël en geel soos goud.

"En toe, Ouman," sê Vroutjie. "Wees nou slim."

"Jy weet, Vroutjie, waar jy by is, is ek altyd slim genoeg om stil te bly."

"Ja," sê sy; "altyd slim genoeg waar dit onnodig is. Dit lyk vir my dis van jou mense van Venus wat nie langer op 'n afstand wil bly vir jou liefde nie."

"How perfectly lovely!" gushes Engela.

"Dogtermens," sê ek, "hoeveel maal het ek jou gebied om jou Engels te hou vir jou Engelse jongkêrels?"

"Pappa, ek het g'n Engelse jongkêrels nie." En sy skud wat haar boskasie sou gewees het as haar ouderdom nie die haarnaalde ingehaal het nie.

"Maar dan het hulle darem 'n Engelse nooi," sê ek.

"Stil, Kerneels," order Vroutjie. "En toe?"

"En toe niks, Vroumens. Jy hou aan jou malle verstand af 'en toe, en toe, en toe,' asof ek nodig het om rekenskap te gee van hierdie vervlakste geelbras gedoente wat ek nie hierheen genooi het nie. Kiewiet!" skree ek, want ek was vererg, "bring vir my die voorhamer hier en sorg dat ek hom het voor ek weer moet praat. En hardloop jy, dogter, gaan haal my mauser in my kamer en maak gou en pasop hy's gelaai."

"Ouman," sê Vroutjie, en sy vat my liefies aan die arm. (As een van ons twee kwaad word, praat die ander altyd mooi. Nou en dan, by uitsondering, is sy die ander. Gewoonlik is sy die een.) "Ouman, moenie onverskillig word nie. Dalk is die ding vol dinamiet. Dit kan maklik nog 'n vernieltuig wees wat uit die laaste oorlog oorgebly het. Wie weet, altemit het daar iets met die masjinerie verkeerd gegaan sodat die ding nog altyd bo in die lug om die aarde rondgetrek het en nou eers afgeloop het... Kom, Ouman, kom ons gaan maar eers eet. Ons kan op die oomblik niks verder uitvoer nie."

"My skepsels, Vroutjie, nou jy van eet praat — ek het so skoon vergeet om jou te se ek verwag oom Stoffel Gieljam vanaand. Ou Lewies Langlys het 'n boodskap van oom Stoffel gebring en dit eers vanmiddag laat afgegee."

"Het jy oom Stoffel se laaste rente betaal?" vra Vroutjie.

"Laaste rente? Gmf. Die ou sukkel nog altyd oor die eerste."

En met my praat kom daar 'n kar om die huis en by hou op die agterwerf stil.

2. TWEE LEERLINGE

MET die stilhou van die kar hoor ek ou Stoffel se stem.

"Kerneels, roep weg hierdie lowwes van 'n slurpvark van jou. Hy maak my vosperde senuweeagtig."

"Herrie," skree ek, "gee pad daar by die oubaas se kar. Hy het nie kos saam gebring nie. Naand, oom Stoffel."

"Naand, Neels. Ek het jou laat weet ek kom. Jy 't seker die geldjies reg, nè?"

"Wag, Oom; ons sal daaroor gesels. Ek het 'n baie wonderlike ding hier om vir Oom te wys... Kiewiet, sit maar vereers die voorhamer daar langes die agterdeur neer, en span uit die oubaas se perde en besorg hulle."

Toe kom Vroutjie nader.

"Naand, oom Stoffel."

"Naand, Lenie. Alla wêreld, niggie, jy word by die dag jonger en mooier, sou ek gesê het as dit nie te donker was om te sien nie. Maar wat, ek weet sommer sonder om te sien. Groetnis van Soetlief."

"Dankie, Oom. Is sy fris? En Maakrit?"

"Grietjie is op Stellenbosch. Sy's fris. Fris en duur. Soetlief is nog maar altyd aan't oefen. Maar sy vorder. By die skoene is sy al 'n nommer onder en by die lyfgoed twee. Probeer glo om my goedkoper uit te kom met vermindering van stoffasie. Maar dit lyk my hoe minder hoe duurder. Daarom is ek besig om geldjies in te vorder. Ek is mos ook op my ou dag 'n dorpse man. Dit lyk my ek sal nog moet leer steel ook om by te hou."

Engela kom by die agterdeur uit met die mauser en 'n lantern.

"Naand, oom Stoffel," sê sy en sy draai die lantern so dat die lig in die ou se gesig val terwyl sy self in die donker bly.

"Naand, Engela. Waarom soen jy my nie? Of is jy al te groot? Of is jy bang die kleur sal afgee?"

"Ek smeer maar olie aan my kin, Oom, om te sien of daar nie wil 'n bokbaardjie opkom nie. Ons kry mos vroue-stemreg. En ek wil aan die ou kant staan waar Oom is. Maakrit met haar nuwe Stellenbosse modes sal seker met Pappa saamgaan."

"Engela," se die ou, "moenie te ver agteruitgaan nie, my kind. Jy kom naderhand by Eva se vyeblare uit. En by die slang. As jy klaar het met toor in my oë, draai tog die lig na jou kant toe óm dat ek kan sien watter soort ontdeksel 'n mens nog hier op Oudtshoorn op skuld kry."

"Dit lyk of dit meer bekommernis kos om skuldeiser te wees as skuldenaar, nè oom Stoffel?"

"'n Vroumens is darem fyn, Engela. Ek het gedog jy ken maar net jou pa. Nou sien ek jy ken my ook. Waarvoor het jy dan nog 'n lantern nodig? En wat help dit om vir my met 'n geweer te ontvang? Het jou pa patrone genoeg vir al sy krediteure?"

"Oom Stoffel dink net aan die geld en jy verwaarloos jou onsterflike siel."

"Ek sien, my kind. Jy wil jou pa die geld laat behou en vir my die siel, nê?"

Ek en Vroutjie bars van die lag uit. Ou Stoffel is die enigste mens in die wye wereld wat vir Engela nou en dan kan doodsit.

"Oom Stoffel," sê ek, "jy en Engela kan julle interessante gesprek vanaand vervat. As daar nie jongkêrels kom nie. Kom kyk nou eers wat het hier uit die lug op ons afgekom."

Ons loop nader. Ou Stoffel vat die lantern by Engela en belig en bekyk die sfeer rondom.

"Magtig, Neelsie," se die ou, "jy sal regkom nou. Dit lyk vir my die ding is van loutere agtienkaraatgoud. En hy moet omtrent honderd ton weeg." Die ou sit sy skouer teë en hy lê weg maar die sfeer roer nie. "Roep jou olifant, Kerneels. Laat ons sien of hy die ding kan omrol."

"Nee, oom Stoffel, alla goeie!" sê Vroutjie. "Straks ontplof die ding. Wie weet is dit nog 'n verdwaalde oorlogstuig van die Duitsers. Sal ons hom nie maar so laat staan tot môre toe nie?"

"Nee a, Mamma," val Engela in. "Sê nou hy vlieg weer in die nag weg, waar kry Pappa die geld om oom Stoffel te betaal?"

"En aan te hou met klere koop," sê ek.

"Ja, en dis nodig, Pappa," sê Engela.

"Wag," sê oom Stoffel. "So danig maklik kan die ding nie ontplof nie — dan kon by nie so lank gehou het nie." En die ou klop met sy kneukels. "Die dop moet vervlaks dik wees," se die ou. "Maar hy klink darem vir my half nes hy hol is."

En toe kom daar van binne af, byna onhoorbaar dof, asot uit die verte, 'n herhaling van die klop: dieselfde getal slae. "Een — twee — drie — vier — vyf —"

"Sou dit toeval wees," vra ou Stoffel, "of is dit 'n mens? Wag, ons sal dit gou bepaal."

Toe klop hy met 'n plan. "Een — twee... een — twee — drie... een."

Oor 'n rukkie kom die antwoord, weer net so dof: "Een — twee... een — twee — drie... een."

"Kerneels, die ding sal nie ontplof nie. Daar's 'n mens in."

"Ja, wragtig, Oom; dis 'n mens."

"Pappa, Pappa!" skree Engela, "kyk daar wil 'n luikgat oopgaan."

"Ja, regtig," sê ek. "Hoe op aarde het hulle die deksel gekry om so vas te pas dat jy geen lyntjie van 'n naatjie kon sien by die voeg nie?"

Ou Stoffel hou die lig op die plek. Vlak voor ons draai 'n deksel, so groot soos 'n wa se voorwiel, stadig in die rondte na binne toe.

Ek vat die mauser en ek hou reg, met die korrel in die middel van die draaiende skyf. En toe val die skielik in, maar daar hang nog 'n gordyn binne voor die opening.

"Moenie sommer skiet nie, Ouman," sê Vroutjie.

"Nee, Vroutjie, maar ek wil darem klaar wees vir hom. Met sulke soorte besoekers moet 'n mens op jou hoede wees."

'n Hand skuif die gordyn opsy en 'n man se kop en skouers kom by die luikgat uit. Lange golwende hare en 'n fyn gekartelde baard, geel en glansend soos goud; 'n gewelf van 'n voorkop met 'n netwerk van fyne plooilyntjies wat kom en gaan soos op stille waters; en daaronder 'n paar grote bloue oe, diepblou soos viooltjies, skitterend, vonkelend, stralend.

'n Gesig van onaardse skoonheid, maar sterk, sterk in sy uitdrukking van wilskrag en vernuf. En daarby soet, van liefde glimmend. So was die indruk.

Ons tree almal agteruit, oorstelp. Die geweer voel na 'n verraderlike moordtuig in my hande; ek skaam my asof ek op 'n lae daad betrap was.

Die figuur druk op die onderrand van die ronde opening. Met 'n beweging so rats dat ons dit nie kan volg nie is hy soos 'n blits uitgespring en hy staan voor ons. Hy het 'n losse sleepgewaad aan van 'n stof wat iets na groen satyn lyk. Aan sy voete het hy sandale. Van die knieë af is sy bene kaal.

Met 'n paar onverstaanbare woorde in 'n soetmusikale stem maak hy 'n vriendelike buiging voor ons. Toe strek hy sy hand uit en hy wys na die aandster wat net oor die donker rand van die berge wil ondergaan. Vervolgens wys hy na die sfeer waar hy net uitgeklim het, en weer na die ster.

"Wat sou hy met die ster wil maak?" vra oom Stoffel. Van almal van ons was hy die minste verslae.

"Dit lyk vir my, oom Stoffel," antwoord ek, "hy wil ons beduie dat dit daarvandaan is wat hy kom."

Ou Stoffel lag. "Ek het baie vreemde besoekers raakgeloop, elkeen met 'n ander soort hoë aanspraak. Maar hierdie een is dan die eerste wat voorgee dat hy uit die hemel kom."

"Nee, oom Stoffel, dit volg nie," sê ek. "Dis nie 'n brandende ster of son daardie nie. Dis 'n planeet — net so 'n wêreld soos ons s'n. En ons naaste buurman, buiten die maan wat maar 'n onvrugbare dogter van ons is, woes en dor en onbewoonbaar, sonder lug of water, klein en niksbeduidend. Maar ook daardie aandster kry maar sy lig van die son. Ons lyk vir hom ook na 'n hemelliggaam, en baie groter en skitterender as hy vir ons. Want hy sien ons partykeer vol, en ons sien maar sy kwartiere. Buiten wanneer hy ver weg is aan die oorkant van sy baan, vertoon hy altyd maar 'n sekel, soos Oom deur 'n behoorlike verkyker kan sien."

"Ja, Kerneels, ja, ja," sê oom Stoffel, nes iemand wat 'n kindjie of 'n malman paai. "Ja, Kerneels, ek weet. Die aarde draai om 'n as en die son staan stil. Ek word ook al daar in die dorp geleerd. As ek so vorder sal jy jou verwonder wat ek naderhand alles sal glo."

"Oom Stoffel," kom Vroutjie tussenin, meer prakties, "kom ons gaan almal eers eet. Ons kan altyd nog later die sterrekundige bespreking vervat. Ouman, bring jou besoeker." (Natuurlik was dit my besoeker. 'n Mens wis mos nog nie.)

Ek het dan die vreemdeling se arm geneem. Hy het sommer verstaan hy word verwag om saam te gaan. Vroutjie en ou Stoffel loop voor. Engela vat my ander arm.

"Pappa, kan dit waar wees wat die man beduie dat hy daar van Venus af kom?"

"My kindjie, die jongste ontwikkelinge van die wetenskap moet ons laat besef dat ons geen perke kan stel aan wat moontlik is vir ons mensevernuf op hierdie wêreld nie. Hoe sal ons vir ander wêrelde waar ons niks van weet nie 'n streep trek?"

Die vreemdeling het ewe lekker saam geëet. Hy het noukeurig opgelet hoe ons met die tafelgereedskap te werk gaan en voor ons klaar was, kon 'n mens nouliks aan sy maniere bespeur dat hy dit alte swaar kry om hom by die onbekende omgewing aan te pas.

Na die ete kom Engela op 'n blink gedagte. Sy gaan 'n papier-blok en 'n potlood haal en sy sit dit voor die vreemdeling neer. Hy bedank haar met 'n vriendelike glimlag, neem dadelik die potlood en trek 'n paar vlugge lyne op die papier, terwyl ons oor sy skouer kyk. "Vroutjie, dis die sonnestelsel wat hy afteken. Kyk, hy het die son in die middel en die planete rondom, elk in sy kring om sy loopbaan aan te dui."

Die vreemdeling kyk op om te sien of ons verstaan. Ek neem die potlood by hom en merk met stippies die mane wat bekend is; een by die Aarde, twee by Mars, agt by Jupiter, tien by Saturnus, vier by Uranus, en een by Neptunus. Verder trek ek 'n paar ringe om Saturnus.

Die vreemdeling se oë skitter van opgenomenheid. Die bewo-ners op wat vir húlle, daar van sy wêreld af, die blinkste ster is, is darem nie totaal barbaarsonkundig nie! Hy sit eers 'n paar mane by wat ons nog nie ontdek het nie, en toe trek hy van Venus af na die Aarde toe 'n tittel-streep, en hy wys weer na homself.

"Ja, oom Stoffel," sê ek, "hy kom van die aandstér af."

"Nie altemit van die môrester af nie?" vra die ou.

"Ja, Oom. Die twee is een en dieselfde, afwisselend, soos Oom sal sien as jy hierdie kaartjie van die sonnestelsel wil bestudeer wat die man hier afgetrek het."

"Ja, Kerneels. Ja, ja. Ek glo hom. Hy's dan 'n onbekende vreemdeling. Ek sou gewillig gewees het om hom vir borg aan te neem as ek jou verder uitstel kon gee, Kerneels."

"Pappa," sê Engela, "oom Stoffel moet nog eers slaap oor die ding."

"Ja, my kind," sê die ou. "Ek droom nie solank as ek nog wak-ker is nie. Waarom praat julle nie met die man Engels nie?

"Omdat hy te gaaf lyk vir 'n Sap," sê Engela, bitsig.

"Engela, Engela!" vermaan Vroutjie.

"Kom ons probeer om sy naam agter te kom om mee te begin, Pappa," sê Engela om die vorige draaitjie verby te kom. Sy wys na my: "Kerneels!" sê sy; en so op die ry af. "Lenie, Stoffel, Engela.

Waar is Jakhals?" Jakhals hoor sy naam en steek sy kop oor die tafel se rand uit. "Jakhals!" sê sy.

Die vreemdeling wag nie. Hy dui een vir een aan en noem sy naam: "Kerneels, Lenie, Stoffel, Engela, Jakhals." Toe wys hy na homself toe. "Loeloeraai!" sê hy.

"Pappa, ons sal hom baie gou Afrikaans leer." En sy wys na een vir een voorwerp in die kamer en noem die naam. "Tafel, stoel, deur, muur, skildery, rak, boek"... en so voorts. Een maal is genoeg. Toe begin sy met werkwoorde. "Engela fluit, Engela slaan op die tafel, pappa rook." (Sy knyp Jakhals se oor.) "Jakhals huil, Jakhals knor, Jakhals hap." Elke woord hoef sy maar een maal te sê. Oor 'n halfuur begin Loeloeraai kort sinnetjies te praat.

Ou Stoffel word meer en meer ongeduldig. "Kan julle nie sien dis bedrog nie?" vra hy. "Die kêrel ken al die tyd net so goed Afrikaans as ek. Daarom leer hy so maklik."

Loeloeraai kyk vir oom Stoffel. (Hy het lange tyd al uit die ou se houding sy agterdog opgemerk.) Maar sy uitdrukking wys geen ongeduld nie.

"Loeloeraai leer maklik," sê hy met 'n glimlag. "Stoffel leer maklik." Hy steek sy hand in sy bors en haal 'n ovaalronde voorwerp uit, so groot soos 'n duifeier, goudgeel, 'n komplete modelletjie van die sfeer wat hy mee gekom het. Hy hou dit op sy plat hand en roer sy hand op en af soos iemand wat die gewig wil skat. Toe gee hy dit vir die ou aan.

"Weeg omtrent 'n kwart pond," sê Oom Stoffel.

Loeloeraai neem dit terug en sit dit op die tafel neer. Die ou vat die dingetjie, en toe die ander van ons, één vir één, maar ons kan dit nie roer nie. Loeloeraai raak dit met sy vinger aan; die ding rys van die tafel af op, 'n voet of drie, en bly in die lug hang, los. Toe vat hy dit en hy steek dit weer in sy bors.

"Sien oom Stoffel?" sê Engela. "So het hy gekom met daardie goue vaartuig daarbuite. Pappa en Mamma het hom uit die lug uit sien neerdaal."

"My kind," sê die ou, "wees verdraagsaam met jou ou oom. Daar is baie dinge wat ek nie verstaan nie. Jy weet, Engela, ou Oom het nooit die voorreg gehad om een dag skool te gaan nie."

"Nou ja, en ek het Oom net so lief daarsonder." En sy gryp die ou man om sy nek en sy gee hom 'n soen. Ek ken vir Engela. Sy was te hoogmoedig om meteens reguit ekskuus te vra; sy 't gewag vir die eerste ekskuus vir die ekskuus.

"En ek moet die vreemdeling om verskoning vra," gaan ou Stoffel voort. "Ek weet nog nie of ek hom moet glo nie. Ons is maar alte maklik die prooi van skoonskynende vreemde skelms. Maar ek sien nou darem dat ek my oordeel moet terughou. Hoe sal hy my verstaan?"

"Ek dink hy verstaan nou al," se Engela.

Loeloeraai kyk op na haar toe en glimlag. Toe glimlag hy vir oom Stoffel en die ou glimlag terug – die eerste vriendelike blik wat hy die vreemdeling gee.

3.   SWARE VERANTWOORDELIKHEID

"OUMAN," sê Vroutjie, "oom Stoffel is seker moeg van die lange karreis en wie weet daardie vreemde man ook – as dit waar is wat hy sê, kom hy baie verder vandaan. Hoe sal ons maak vir slaapplek? Sal ons vir hom en oom Stoffel saam die vrykamer gee? – Daar is twee ledekante, Oom."

"Nee, Lenie," sê die ou. "Daardie man... ek ken hom nie en hy vir my nie. Neem dit maar dat hy te fyn is vir my. Soetlief sukkel hard om van my 'n dorpenaar te maak, maar die opvoeding vorder stadig op 'n man se oudag. Gooi tog maar vir my 'n matras hier in die eetkamer oop."

"Vroutjie," sê ek, "slaap jy by Engela. Ek en oom Stoffel sal die vrykamer kry."

Maar toe staan Loeloeraai op en hy wys buitentoe. Hoe ons ook aanhou, op die ou end het hy in sy sfeer gaan vernag. Ek en oom Stoffel het saam met hom uitgegaan. Met dieselfde ratsigheid het hy weer by die luikgat ingespring; toe ons weer sien draai die skyf in die rondte toe en daar bly nie 'n naatjie merkbaar nie.

"Hoe sou hy asem kry in daardie digtoeë ding?" vra oom Stoffel. Vir my part dog ek hy kom ver genoeg sonder lug.

Maar ons ander het lank nog nie gaan slaap nie.

Tot in die oggendure het ons bly sit. En sonder om veel te gesels: wat was daar ook om te sê? Vroutjie het weer haar naaigoed geneem; ek en oom Stoffel sit maar aan ons pype en suig, in diepe gepeins. Engela, vir wie hier die nagsittery in verband met die vreemde ontmoeting 'n ekstra-spesiale aardigheid was, had kort-kort 'n aanmerking om ons mee te bevoordeel, maar toe sy sien dat sy nie die aandag kry wat sy verdien nie, het sy naderhand maar, om haar eie taal te gebruik, rond-ge-fidget. Nou en dan, na lange tussenpose, het een of ander van ons die stilte onderbreek.

Dit was oom Stoffel wat aan ons almal se snaakse gedagtes die eerste vorm gee. "Kerneels, ek het hard geprobeer om daardie onaardse kêrel se maat te neem. Maar ek kry geen vattigheid aan hom nie. Weet jy hoe laat hy my voel?"

"Ja, Oom?"

"Omtrent, verbeel ek my, soos 'n hond teenoor 'n mens moet voel. Juis omdat ek nie daarop gesteld was om so te voel nie – hoe sal ek sê? – so *laag* nie, het ek my teëgesit en na die ander uiter-ste gegaan en gesoek om my op te beur met agterdog en minag-ting. Maar dit wou nie help nie."

"Oom Stoffel," sê ek, "daar gee jy nou presies aan my eie gevoel uitdrukking. Al die tyd vandat die vreemdeling uit sy voertuig uitgespring het en ek in sy gesig gekyk het, was dit vir my nes ek 'n lae soort skepsel is en hy 'n hoë... Vroutjie, ek maak altyd staat op jou vroulike deursig wat by die antwoord kom sonder om die som uit te reken. Sê vir my, waarom was jy die hele tyd in Loe-loeraai se teenwoordigheid so stil en afgetrokke?"

"Ouman, oom Stoffel het gelyk. Daardie man – as ek hom 'n *man* moet noem – is nie óns soort maaksel nie. Hy trek my nie aan nie; hy stoot my nie af nie. Ek voel soos ek – hoe sal ek sê? – in 'n spook se geselskap sou voel. Tog, hy is vleis en bloed, soos dit lyk... Maar nie van óns vleis en bloed nie."

Ja. So was die saak. Daar was geen twyfel aan nie. En dit het ons baie ver laat dink. Immers wat het so 'n gevolgtrekking bete-ken?

Ek kyk ons klompie mensies so deur om die tafel. Ek kyk af na Jakhals wat voor my op die vloer lê, sy kop op my voet. Hy voel dat ek kyk, hy maak sy oë oop en glimlag terug met 'n luie swaaitjie in die punt van sy stert. My oog val op 'n fladderende mot wat nog die heel aand sukkel om uit te vind dat hy nie deur die vensterruit kan vlieë om by die lamp te kom nie.

Ons almal, peins ek, mens en dier, hoog en laag, ál wat op hierdie aarde leef, is een gemeenskaplike skeppingsontwikkeling – een bloedfamilie. Hier ná-verwant, daar vér-verwant, maar almal uit dieselfde bestanddele – uit dieselfde stof van die een aarde. Daardie hond is nader aan my – ja, daardie mot is nader aan my – as die vreemde besoeker wat hier gekom het uit die hemelruim... Ek kan nog 'n floue begrip vorm van hoe 't Jakhals voel wanneer hy kwaad is, wanneer hy hartseer is, wanneer hy verdrietig is. En hy weet dit van sy oubaas ook. Hy weet goed wanneer om te soebat, wanneer om te troos, wanneer om te speel en te terg... Maar hierdie vreemdeling? Ek kan hom glad nie nader nie. Ons is nie net hoog en laag nie; ons is weg van mekaar af.

Kan so 'n soort wese, dog ek, ooit 'n meegevoel met ons hê? Miskien nie soveel as ons met 'n skaap of 'n vlieg nie. Ons sal die vlieg vernietig omdat hy 'n pes is. Ons slag die skaap omdat die voorwaarde van ons bestaan hier op die aarde nou eenmaal van die gehalte is dat die lewe van die een op die dood van die ander moet voortgesit word. Maar ons sou nie 'n skaap of 'n vlieg aan omsonse foltering oorgee nie. Ons weet hulle voel pyn; ons weet dis dieselfde soort pyn wat óns voel. Maar van die gevoelens van daardie onmens, ondier, bowemens, weet ons niks. Al sou hy hulle ook aan ons wou meedeel – ek twyfel of hy hulle sou kon uitlê. Miskien so min as wat ek die indruk van kleure aan 'n blinde kan meedeel. En kan hy ooit ons gevoelens deel? Sou dit hom hinder om ons seer te maak meer as vir my om 'n doringtak af te kap wat in my pad is?

Ná hierdie korte kennismaking reeds voel ons hy is hoër. So-lank as hy hier op aarde is, is die mens van sy troon af. Vir al ons medeskepsels was ons tot hier toe die gode van die aarde... Teen-oor hom, waar is ons heerskappy en ons adel? En as hy gekom het met mening... *en waarvoor het hy gekom?...* wat kan ons doen om hom te keer?

En toe maak ou Stoffel 'n aanmerking waaruit ek kon aflei dat sy gedagtes in dieselfde koers geloop het as myne. "Kerneels, wat sou daardie man... ek noem hom maar so... wat sou hy hier kom maak?"

"Oom Stoffel, ek voel onrustig..."

"Pappa," sê Engela, "wat sou hy daarmee voorhê om ons kwaad te doen? Vir my aandeel, as hy regtigwaar van Venus af kom, dan dink ek word Venus deur engele bewoon."

"My kindjie, wat help dit vir ons om sy planne of dryfvere te raai? Wat help dit die wurm om te raai wat ek daarmee voor het wanneer ek hom middeldeur steek met my spit in my tuin? En as ons nog sou raai – waardeur is hierdie laaste groot oorlog veroorsaak? Die een nasie wou voor die ander die hulpbronne van die wêreld in die hande kry. Sê nou die hulpbronne van daardie wêreld, Venus, het begin kort te kom vir sy bevolking?"

"Ja, Neelsie," sê oom Stoffel, "sê nou hy is 'n verkenner, 'n spioen?"

"Juistement, Oom. Hy sal sien dat ons oorlogstuie waarmee ons mekaar by miljoene uitroei, speelgoedjies is teen hulle s'n. As hy teruggaan, of wie weet as hy maar 'n draadlose berig sou terugstuur... honderd van sy maters sou genoeg wees om die aarde te kom verower – om met wetenskaplike middels waarvan ons geen denkbeeld kan vorm nie, die mensdom uit te delg. Ons het maar min gesien, maar ons het genoeg gesien om te verstaan dat hulle die swaartekrag oormeester het. Hulle vaar oor die afgronde van die sterreruim, deur die luglose niks van die eter."

Daarop het ons weer 'n lange ruk stil gesit, elkeen skaam om met die gedagte uit te kom wat by almal van ons ontkiem het. Eindelik was dit Vroutjie wat praat, en soos 'n vroumens beantwoord sy ons twyfel sonder dat iemand hom uitgedruk het.

"Ouman," sê sy, en vat my hand, "die vreemdeling is ons gas. Hy het ons vertrou. Hy het met liefde gekom; ons het hom met liefde ontvang; of hy 'n engel is en of hy 'n duiwel is..."

"Dankie, Vroutjie," sê ek. "Of daardie vreemdeling 'n mens is of nie – dankie dat jy my herinner aan óns menslikheid. Ek sal maar nie die polisie gaan aansê om te kom klaar staan om hom môreoggend te vang met sy uitkom nie... Verstaan oom Stoffel?"

"Ja, Neels. Ek verstaan. Dis 'n gewigtige verantwoordelikheid. Wie weet, ons het vanaand die redding of die ondergang van die mensheid in ons hande. Maar soos Lenie sê: die man is julle gas."

"Reg so!" sê Engela met die oortuigingsvastheid van die onervaring. "Ek sien nie kans dat ons môre die man in die oë sal kan kyk as ons vannag verraad op hom speel nie."

"Ja, my kind," sê ek. "Hy kom van 'n ander wêreld om met hierdie te kom kennis maak. Hy sal baie dinge hier sien wat nie vir ons 'n eer is nie. Maar om mee te begin verteenwoordig hierdie vier van ons nou die menslike geslag. Die pand van die goeie naam van die aarde is in ons bewaring."

En met daardie besluit, ten goeie of ten kwade, het ons bed toe gegaan. Oom Stoffel het sy rente so skoon vergeet. Ek ook.

Maar hoe kon 'n mens daardie nag slaap? Om vieruur het ek opgestaan en vir my en Vroutjie gaan koffie maak. Ek kon my nie weer hou van uitkyk nie. Toe ek die agterdeur oopmaak, skyn die driekwartvolle maan helder. En skitterend blink soos geglansde goud langes die donker skaduwees van die somerhuis staan die geheimsinnige vaartuig met sy geheimsinnige reisiger.

4. AFSPRAAK VIR 'N TREMREIS

TEEN dagbreek het ek effentjies ingesluimer. Maar ek was net mooi weggeraak toe word daar aan my deur geklop.

Natuurlik was dit ou Stoffel wat die eerste opgestaan het. Hy het nie vir Kiewiet vertrou om sy perde vroeg genoeg voer te gee nie.

"Kerneels, Kerneels!" hoor ek die ou voor die kamerdeur sê, "daardie vreemde kêrel het weer vannag weggevlieë."

"O my magtig, Oom! Ons moes hom maar aangegee het en laat vang het."

Ek gryp 'n jas en ek hardloop uit. Waar die sfeer die aand gestaan het, was niks. Maar aan die diep holte wat hy in die grond ingedruk het, kon ons sien hoe swaar sy gewig was.

Solank as oom Stoffel sy perde voer gee, het ek gaan koffie maak. Toe het Vroutjie en Engela ook uitgekom en ons het al vier onder die eikeboom op die bank gaan sit. 'n Meer miesrawele klompie mense kon jy jou nie verbeel nie. Bleek en verwilderd van slaaploosheid en skaamkwaad oor ons ons op so 'n simpele manier laat doodsit het. Ons oueres was bitter onrustig. Watter ondenkbare kwaad sou ons papperige sentimenterigheid nie tot gevolg hê nie? Hier had ons die invaller in die holte van ons hand en ons laat hom ontsnap. Dit was vir my asof ek die wêreld al op ander plekke sien aan die brand slaan, dorpe en stede verwoes

deur ongehoorde orkane, golwe van die see die binnelande oor-
stroom, aardbewings en vuurspuwende berge losbars. As 'n man
die wette van die swaartekrag kan trotseer, watter perk is daar
dan aan sy vermoë te stel?

Engela was die ontroosbaarste van almal, maar om 'n teenoor-
gestelde rede. Daar was alle elemente van 'n baie bekoorlike
digterlike geskiedenis, en voordat die dingetjie begin te ontwikkel,
loop hy op hierdie prosaïese manier dood.

Maar natuurlik was sy jeugdiglik lojaal aan haar eie eerste in-
druk. "Hoe dit ook al mag wees," sê sy, "ek glo nie dat hy soos 'n
skelm hier weggedros het nie. Daar is iets wat ons nie verstaan
nie. A, Pappa, Pappa, kyk daar!"

Op Engela se uitroep kyk ons en ons sien vir Loeloeraai tussen
die perskebome deur kom, agter uit die vrugteboord uit. Tegely-
kertyd kom die son net op – ou Stoffel het ons baie vroeg aan die
beweging gesit – en die eerste strale skyn goudblink op die glansi-
ge hare en baard van die vreemdeling en op sy kleed. In plaas van
by die hek om te loop, kom hy tot by die sesvoet heining en hy
spring sommer in die loop los oor nes 'n kat oor 'n slootjie sou
spring. Hy stap tot by ons, nog altyd met sy vriendelike glimlag.
Op my wenk gaan hy langes Vroutjie sit.

"Engela, my kind," sê sy, "gaan haal tog vir hom 'n koppie kof-
fie."

In die tussentyd wys ek hom na die plek toe waar die sfeer ge-
staan het. Hy wys op in die lug, en toe met sy hand terug; maar
ons kon nie die bedoeling van sy gebaar uitmaak nie.

"Engela," sê ek toe sy hom die koffie gegee het – ek het gewon-
der hoe daardie eerste koffie vir hom sou smaak – "Engela, jy moet
die man klaar leer praat. Hy beduie dat sy vliegtuig weg is – en dit
had ek reeds self sonder hulp uitgemaak – maar sy verdere bedui-
enis kan ek nie verstaan nie."

Engela tel 'n stok op, wys dit vir Jakhals en gooi.

"Jakhals gaan," sê sy. En toe Jakhals met die stok terugkom: "Jakhals kom." Toe wys sy na die plek toe waar die sfeer gestaan het, "Vliegtuig," sê sy.

"Vliegtuig gaan," sê Loeloeraai, en toe wag hy 'n bietjie. "Vliegtuig kom," sê hy.

"Hy meen die ding sal terugkom," sê ek.

"Ek wonder of hy van sy maters gaan haal het," sê ou Stoffel. "Maar sou die ding dan heen en weer kan vlieë en sy pad kry sonder 'n stuurman?"

"Oom Stoffel," sê Vroutjie, "ons het nie binne-in gesien nie. Hoe weet ons dat daar net één persoon in was?"

"Al hierdie dinge help net niks," vervat ou Stoffel, "solank as die man nog nie kan praat nie. Hy kan nog nie eens lieg nie." (Die ou se agterdog het blykbaar weer 'n oomblikkie bo gekom.) "Engela, jy moet gou maak met jou skoolhou. Ons kan nie hierdie kêrel soveel lange jare aan die leer hou as wat dit gekos het om vir jou en Grietjie te leer 'yes' en 'no' sê nie."

Engela skud haar bosgasie met vakkundige doeltreffendheid. Dit was nog los in die vroeë oggend. "Nee, oom Stoffel," sê sy. "Hy sal gouer leer. Hy het nie rede om na my en Grietjie se ouers te aard nie."

Ou Stoffel lag. "Jy't gelyk, Engela. Hy sal nie eens kan ontaard nie."

"Oom Stoffel is altyd te slim," sê sy. "Hulle moes Oom laat leer het sodat jy meer eenvoudig kon geword het. Soos Pappa, by voorbeeld."

En daarop het sy met Loeloeraai se taalonderrig voortgegaan. Dit was 'n goeie ding, dog ek, dat dit so getref het dat hy sy eerste aanraking met die aarde in Suid-Afrika gevind het. Sê nou hy was in Holland of Duitsland of Sjina te lande gekom, hoe sou hy ooit oor die onmoontlikhede van daardie ongerymde en onleerbare tale gekom het om te kan verstaan en hom verstaanbaar te maak? In Engeland sou dit nog op 'n manier kon gegaan het sover as die taal betref, maar natuurlik daar is die mense weer onmoontlik.

Met Afrikaans en Afrikaners ondervind geen vreemdeling mos ooit moeilikheid nie. Hulle met hom altemit ja. En Loeloeraai het dadelik getoon dat hy nie aan ons menslike beperkings onderhewig is nie. Hy had 'n volmaakte beheer oor sy liggaamlike organe, sy verstandelike rede, en sy liggaamlike en verstandelike geheue – drie vermoëns wat by taalstudie te pas kom. Nooit was dit nodig om 'n woord of frase vir hom te herhaal, 'n klank oor te sê, of 'n idioom of taalreël uit te lê nie. In twee dae kon hy vlot gesels; in 'n week se tyd was hy volmaak: ja, meer volmaak as ons omdat sy stem welluidender was, sy gedagteloop suiwerder en sy begrippe omvattender. (Ongelukkig haal ek sy woorde uit my geheue aan in hierdie verhaal – daarom is hulle maar soos myne.)

Intussen, daardie oggend, onderwyl die skool eenkant aan die gang was, het ons drie oues 'n aantal sake in verband met Loeloeraai se teenwoordigheid bespreek.

"Dit lyk of hy voorlopig van plan is om te bly," sê Vroutjie.

"Vir my aandeel gee ek nie om nie. Ons kry min geselskap genoeg. My ouman" (sê sy met 'n glimlag) "is te ongesellig."

"Ek het verleer om te praat, Vroutjie. Wat sê oom Stoffel?"

"Kerneels, as dit Lenie se werk is, wees dankbaar. Maar jy sal hierdie vreemde man meer dinge moet gee as geselligheid. Om mee te begin, sal hy gewone klere moet kry om aan te trek. Wat sal ander mense sê as hulle hier kom en 'n onaardse kuiergas loop hier met 'n blink naghemp rond?"

"Solank as dit hulle aandag van my sake aftrek, Oom, waar hulle mond heeldag van vol is..."

"Ja, Kerneels, ja. En die polisie?"

"Die polisie, Oom?"

"Man, jy was mos vanmelewe 'n kastige wetgeleerde. Is daar nie 'n Immigrasiewet nie?"

"Magtig, Oom, noudat jy daarvan praat..."

"Ja, jy sal skuldig gevind word dat jy 'n verbooie immigrant herberg."

"Ek dink nie so erg daaraan nie, Oom..."

"Maar ék dink daaraan, Ouman," sê Vroutjie.

"Ja, Vroutjie, ek dink darem ook daaraan. Maar ons sou nie graag hierdie besoeker sien vervolg nie. Jy sou die eerste wees om hom te wil beskerm, Vroutjie."

"Wat sou sy posisie wees onder die wet?" vra ou Stoffel.

"Oom, daar gee jy my nou weer 'n gedagte. Die wet is op mense van toepassing, nie op buite-aardse wesens nie. Maar tog, as die plaaslike magistraat hom skuldig vind en las gee dat hy moet teruggestuur word..."

"Hoe sal hy hom terugstuur? Ek dink selfs Jannie Smuts sal planne kortkom om hierdie man te deporteer na waar hy vandaan kom."

"Ja, Oom. Maar as die magistraat hom in die tronk opsluit..."

"En hy sál maar," sê ou Stoffel.

"Ja, oom Stoffel, hy sal maar. Net omdat hy teen my 'n wrok het, sonder oorsaak. Maar sluit hy hom op, en ek teken appèl aan, dan sal die Hoë Geregshof my sê ek neem dan die standpunt in dat die wet niks met die beskuldigde te doen het nie, hoe kan ek wetsbeskerming vir hom soek? Oom Stoffel, Loeloeraai is voëlvry, net soos enige ongedierte. Meer nog, want die wet verbied wreed-heid teen gevange wilde diere. Die wet praat van mense en van diere, nie van sterbewoners nie."

"Ek verstaan, Neels. Hierdie kêrel kan doen wat hy wil, en elkeen kan aan hom doen wat hy wil. Sovér as wat jy nie vir hom kan keer nie sal hy vir homself moet keer."

"En dit lyk vir my hy sal dit kan doen ook, Oom. Ek verbeel my hy het soorte van verdedigingsmiddels wat vir ons konstabels en al was dit ons troepemag, snaaks sal verras... My magtig, Vroutjie, kyk hoe breek Herrie al weer daar mielies. Kiewiet! Kiewiet!" skree ek.

Kiewiet steek sy kop by die staldeur uit. "Ja, Meneer?"

"Hardloop, Kiewiet, loop haal die olifant daar uit die mielieland uit."

"Meneer, die olifant het my gister uit die mielies uitgedra en op die plat van die afdak kom gooi en toe weer land toe geloop. En nou kom hier nog 'n spookmens in die donkeraand uit die lug uit aangevlieë. Hier is onraad op hierdie werf. Ek gee huur op, Meneer."

"Nou ja, Kiewiet, maar dan moet jy darem jou maand uitdien."

"Nee, Meneer, Meneer en mevrou mishandel my goed genoeg, maar hier is te veel toorgeite. Ek loop, Meneer. Meneer moet my dan maar in die tronk laat sit."

"Kiewiet, maar dit lyk vir my baie dit sal jou niks help nie," sê ou Stoffel. "Dit lyk vir my nes hierdie spookmeneer wat gisteraand hier gekom het ook sal moet tronk toe gaan."

"O land, Meneer, dan breek al die mense uit."

"Kiewiet," sê Vroutjie, "ek hoor vir Kato ook daar in die kombuis brom. Wees tog maar gerus, julle twee. Ons sal geen kwaad oor julle laat kom nie. En wag maar, ek sal self die olifant uit die mielies gaan uithaal." En toe is sy weg daarheen. Herrie maak nooit met een van ons speletjies nie – buiten die natspuit, dié kan ons hom nie afleer nie. Hy's nes 'n hond; hy ken sy baasgoed.

"Neels," sê ou Stoffel, "ek moet ná brekfis maar weer begin. Ons kan ander dag oor die rentetjies verder gesels. Of het jy dit in die huis?"

"Nee, Oom, as ek moet sê dat ek dit in die huis het dan moet ek lieg. Maar ek sal 'n plan maak. Maar waarvoor is Oom so haastig om weer te vertrek?"

"Ek is nie so haastig nie, Neels. Maar ek het maar hier aangekom – ek is op weg na my plaas toe. Ek sal daar 'n drie weke moet bly – ek is al weer béwerig en waggelrig van die dorpse kos. Soetlief maak klaar om by haar familie te gaan kuier."

"Oom Stoffel, maar Vroutjie kook mos ook boerekos. En ons het al gepraat om weer ons vakansietog te maak. Engela gee ons geen rus nie, en ek en Vroutjie verlang self om 'n bietjie los te kom."

"Hoe gaan julle?" vra ou Stoffel.

"A, Oom, natuurlik met Herrie en die trem... Ek wonder of die vreemde man sal wil saamgaan. Dit sal hom 'n uitstekende ge-leentheid verskaf om met allerhande stoffasie van aardse mense kennis te maak."

"Wragtig, Neels, ek gaan saam. Ek sal my kar en perde op die plaas laat bly. Wanneer sal ons vertrek?"

Toe kom Vroutjie met Herrie terug, en nadat ons die ding met haar bepraat het, het ons die reis vasgestel vir die Donderdag oor veertien dae.

Die klaarmakery vir die tremtog het dadelik 'n aanvang ge-neem. Onder ander het Engela haar klere bestel.

5. BELEMMERINGS

LOELOERAAI het nie die tussentyd ledig deurgebring nie. Engela het maar haar aandag verdeel tussen hom en die negosiewinkel, en die eintlike twee aande in die week die jongkêrel: dit was nog dieselfde Willem van Meiringspoort, die krans-afdaler. Wanneer Loeloeraai dan nie met sy taallesse besig was nie – en hy het tegelykertyd ook Engels aangeleer en albei tale leer lees – het hy bome en blomme en diere bestudeer en sketse gemaak. Veral toe ons die vark en die skaap geslag het, het hy van die begin tot die end bygestaan by die slag en die uitmekaarsny en noukeurig die anatomie ondersoek. In Kiewiet het hy ook baie belang gestel; deur sy vriendelike innemendheid het hy gou die ou man se agterdog oorwin.

Ek moes hom waarsku om nie Kiewiet se Afrikaans vir klassiek aan te neem nie.

"Ons is altyd bang vir kinderoppassers," het ek eendag aan hom gesê, "Hulle leer die kleintjies allerhande verkeerde tale. Tot Engels ook. En selfs by ons – ons het 'n klomp huisuitdrukkings net vir ons gesin alleen wat nie by ander mense gangbaar is nie. By voorbeeld, hier in ons eie kringetjie praat ons van 'n tieters, 'n wolvoet, 'n totjie, 'n spoei, 'n tweetjie, 'n koelkan, 'n poenerkiep, 'n spuiker, 'n boesnot, 'n koosappel, 'n perkie, 'n skulpjakob, 'n gjog, 'n looi, 'n vluis, 'n potjietot, 'n gotnoshót, 'n poenlam, 'n mampelpoenpas, 'n disakker, en so met 'n magdom van ander woorde. Daardie uitdrukkings is ongeyk: jy moet hulle vermy. Verder het ons vir elkeen van ons bure 'n private bynaam; as die name ons altemit met 'n ongeluk ontglip waar jy by is, moenie hulle herhaal nie. Dit sal aanleiding gee tot onnodige onaangenaamheid. Jy weet hoe kleinserig party mense is, of liewer, jy weet dit nie maar ek weet dit."

En so, voor ons dit wis, was die veertien dae amper om. Maar toe kom daar moeilikheid. Natuurlik. 'n Mens kan nooit 'n onskuldige plan hê nie of jy word in die wiele gery. Wanneer 'n mens wil goeddoen kry jy altyd teëspoed. By kwaaddoen nie. Buiten agterna.

Die gerugte van die geheimsinnige vreemdeling het gou genoeg versprei en dag vir dag was daar 'n digte skare voor my hek wat staan en inkyk. Loeloeraai moet ook maar vreemd gelyk het vir hulle. Ek wou vir hom 'n pak klere gee of 'n nuwe laat maak, maar daarvan wou hy volstrek nie hoor nie. Hy't glo daaroor gevoel soos ons sou voel as ons in 'n bobbejaanwêreld kom en hulle wil vir ons daar 'n bobbejaanvel laat aantrek. Familie en hier en daar 'n skaarse vriend het partykeer ingekom en nader kennis gemaak. Soos eendag my ou swaer Gideon, in die wandel bekend as ou Watwo.

"Kerneels," sê die ou, "dis my plig om te kom praat. Ek is met jou suster getroud."

"Swaer," sê ek, "ek het haar nie in die pad gestaan toe sy wou trou nie. En as sy dit eendag in haar kop kry om te skei sal ek haar ook nie keer nie."

"Skei? Watwo. Kerneels, jy loop 'n verkeerde pad."

"Ja, swaer, jy't gelyk. Ek loop niks as verkeerde paaie. Al die regtes word vir my toegekap. Sien jy daar die konstabel daar aankom? Ek sweer hy kom hierheen. Sonde soek."

"Hy sal dit nie hier hoef te soek nie," sê ou swaer Gideon. "Watwo. Wat is dit vir 'n man wat ek hoor wat jy hier aanhou?"

"Ou swaer, kyk daar's hy."

Toe kom Loeloeraai om die waenhuis met Herrie. Hulle twee was baie goeie maters geword. Elke slag was dit maar 'n armvol lusern of een van Vroutjie se vroepampoene.

"Ja, kyk," sê ou Gideon. "Daar's hy! Watwo. Daar's albei van hulle. Waffer mens hou 'n olifant aan? En 'n man met lang hare en 'n rok. Nes 'n vroumens. Ek reken dis 'n publieke skandaal, swaer Kerneels. Waar kom die kêrel vandaan?"

"Van die aandster af."

"Aandster? Watwo."

En toe kom die hoofkonstabel Makdóf by.

"Die magistraat het my hierheen gestuur," sê hy.

"Ek weet," sê ek. "Ek ken sy boodskappers. Ek betaal hulle ga-sie."

"Daar het klagtes ingekom," gaan Makdóf voort. "Die publieke straat word hier dag vir dag opgedam en die verkeer belemmer van die skares wat jy hier voor jou huis laat versamel."

"Ek hulle laat versamel? Ek hou reeds 'n olifant aan om hulle van my huis af weg te hou. Dit let my nie veel nie of ek sit hom aan jóú. Sê vir jou baas hy moet na sy baas toe skryf, Pretoria toe, en kry vir my 'n klomp van die bomme wat 'n mens by werksta-kings gebruik. Dan sal ek vir hom die skare hier verstrooi so gou as hy kan sê mes."

"Ek het my plig om te doen," sê Makdóf. "Ek is verder gelas om rekenskap te vra omtrent die uitlander wat jy hier herberg."

"Waarom moet ek dan rekenskap gee? Is daar klagtes gekom dat die man melaats is? Of rasend? Of 'n ontsnapte prisonier?"

"Nee. Maar hy het onwettig oor die grense gekom."

"Hy kom nie oor die grense nie," sê ek.

"Kom hy altemit onderdeur?"

"Nee. Hy kom nie onderdeur ook nie. Maar ek sweer hy sou ge-kon het as hy gewou het. Nee. Hy was nog nergens in die Unie nie as hier op my eiendom."

"Is hy hier gebore of geskape?"

"Nee, ook nie. Deel aan die magistraat, met my komplimente, die ou Romeinse regsreël mee: 'Cujus est solum, ejus est ad coelum.' Dit wil sê, as sy Latyn hom in die steek laat: 'Die eienaar van die grond is eienaar van die lug wat daar regoor is tot in die eindeloosheid van die heelal.' Die kêrel wat jy na verneem, het loodreg uit die hemel uit hier op my erf neergedaal."

"Ek laat nie met my die gek speel nie."

"Nee, man, dis die reine waarheid. Wanneer ek sê die hemel bedoel ek natuurlik die sterrehemel. Wat sal ek ook met jou van die ander gesels? Hy kom van die aandster af."

"Aandster? Watwo," brom ou Gideon tussenin.

"Ek sal gaan rapport maak," sê Makdóf en hy loop.

Die tweede dag daarop was die Donderdag toe ons moes vertrek. Instede daarvan was ons voor die hof. Ou Stoffel Gieljam het die oggend vroeg opgedaag en ek en hy is natuurlik saam met Loeloeraai hof toe.

Die uitspraak was 'n uitgemaakte saak. Ou Stoffel wou boete betaal of borg staan, maar die magistraat wou nie daarvan hoor nie.

"Die prisonier sal sy drie maande harde arbeid aflê en dan sal hy teruggestuur word. Konstabel, verwyder hom."

En toe neem Loeloeraai sy eerste deel aan die verrigtinge.

"Wag, konstabel," sê hy, "ek het iets om aan die magistraat te sê. Amptenaar," gaan hy voort, tot die magistraat, "ek neem jou nie kwalik nie. Jy doen wat jy beskou wat jou plig is. Ek het ook 'n plig waaraan ek moet getrou wees – 'n plig teenoor myself en teenoor diegene wat ek hier alleen verteenwoordig. In die wêreld waar ek vandaan kom, is ons wetgehoorsaam, nie onder die dwang van magistrate en konstabels en tronke en boeie nie, maar uit wederkerige liefde. Ons het geleer om te besef dat dit die enigste manier is om ons geluk te verseker. En noudat ek as vreemdeling hierheen gekom het, en sonder om kwaad te soek, wil ek my nie verset teen die gesag wat hier heers nie, al is sy heerskappy oor sy eie onderdane ook so primitief en onvolmaak soos ek opmerk. Ek het nie die minste begeerte om stoornis te verwek, om teëstand te doen, om geweld te pleeg nie.

"Maar jy, amptenaar, vergeet die bepalings van jou eie gesag. Ek staan nie onder die wet wat jy hier moet handhaaf nie. Hy noem my nie, hy maak geen voorsiening vir my nie. En wat diegene betref wat met sy uitvoering belas is – jy, amptenaar, en jou polisie, en die gewapende dienare van jou hele Staat, het oor my geen mag nie. So min as wat hulle jou vonnis kan uitvoer om my terug te stuur na waar ek vandaan kom, so min kan hulle jou vonnis uitvoer om my gevange te hou.

"Tog, as ek nie onder julle wet staan nie – ek wil nie bo julle wet ook staan nie. Laat my gaan. Ek sal dit betreur om so spoedig te vertrek – ek vind die lewe op julle planeet wonderlik interessant en ek sou dit graag verder ondersoek het. Ook sou ek dit betreur om so 'n plotselinge einde te maak aan die vriendskap en liefde wat ek ondervind het in die gasvrye gesin wat my verwelkom het. As ek dit mag sê – ook die kleurling Kiewiet het my laat besef dat daar skoonheid van gees en liefde van hart genoeg is om hierdie aarde net so gelukkig te maak as die heerlike plek van my eie inwoning – as julle maar julle eie heil wou insien. Ek voel baie, baie hartseer. Maar laat my gaan, amptenaar; jy het my woord dat ek nie vier-en-twintig uur langer die aarde met my teenwoordigheid sal opskeep nie."

"Dit lyk my jy is kranksinnig ook," sê die magistraat. "Konstabel, ek het reeds gelas om die prisonier te verwyder."

Die konstabel tree nader en lig sy hand op. Net soos hy aan Loeloeraai se arm raak, word hy slap en hy sak inmekaar.

"Laat hom 'n paar uur slaap," sê Loeloeraai. "Hy sal niks oorkom nie. Kom, Kerneels en Stoffel, kom ons gaan huis toe. Ons het baie om te gesels in die tydjie wat vir ons oorbly. Maar voor ek gaan – amptenaar, asseblief moenie gewapende magte stuur om my in hegtenis te neem nie. Ek wil niemand die minste leed aandoen nie." Hy kyk by die oop venster van die hofsaal uit. "Sien jy daardie groot bos op die rand van die oorkantse kop?" Hy haal 'n dingetjie nes 'n vérkyker uit sy bors en hy peil daardeur. Toe ons weer sien staan die bos aan die vlam.

"Dis maar 'n klein aanduidinkie," sê Loeloeraai, "van die weten-skap van die bewoners van julle aandster en môrester."

Met ons uitgaan sien ek ou swaer Gideon het ook na die saak kom luister.

"Watwo," sê die ou.

6. 'N HOË BOD

TOE sit ons dan daar, die laaste middag, onder die eikeboom. Die tremtog was skoon uit ons kop uit.

Engela sit en huil. "My kindjie," sê haar mamma, "ek is net so hartseer... Loeloeraai, en dan is dit nou ons laaste dag bymekaar! Net maar veertien dae het ons kennis gemaak en ek voel of jy een van ons huisgesin was."

"Lenie," sê Loeloeraai – die laaste een wat hy mee in aanraking gekom het, het hy op die voornaam genoem, net soos of almal hier op aarde teen hom gereken kindertjies was! – "Lenie, jy weet dis nie my begeerte nie. Maar daar is mos nou geen ander uitweg nie. Ek kan my nie aan geweld onderwerp nie; ek kan nie hier in die vreemde wêreld kom geweld pleeg nie: en ek het, ten regte of ten onregte, die gesag hier getrotseer. Ek gaan na my verre vaderland terug, en ek sal nie weer kom nie. As julle hier sit in die aande en julle sien die aandster die ondergegane son agternavolg; of ander tye, as julle vroeg opstaan en julle sien hom as môrester die koms van die son aankondig, wy 'n herinnerinkie aan Loeloeraai. Ek sal daarvandaan terugkyk. Ek sal julle nie vergeet nie."

"Neem ons saam, Loeloeraai," sê Engela.

Loeloeraai sit sy hand op hare. "Engela," sê hy met 'n droewige skelm-glimlaggie, "hoe lank sien jy kans om van Willem af weg te bly? Jou pappa sal jou sê hoe vér dit is, soos julle hier afstande reken."

"My kindjie," sê ek, "wanneer óns en Venus aan dieselfde kant van die son is en dus op ons naaste bymekaar, is dit omtrent 'n vyf-en-twintig miljoen myl."

"En ek reis nogal taamlik snel," sê Loeloeraai. "Vinniger as wat ons met Herrie en die trem sou gegaan het. Duisend myl in 'n uur."

"'n Uur dus," sê ek, "van die Kaap af Pretoria toe. En dan neem dit, laat ek sien" – ek maak 'n paar syfertjies met my potlood op die bank – "dan neem dit op die allerbeste drie jaar om by Venus te kom. Ses jaar heen-en-terug."

"En julle lewetjies hier is kort," sê Loeloeraai.

"Kort genoeg," merk ou Stoffel op, "om hulle nie moedswillig te gaan korter maak nie."

"By my reise," sê Loeloeraai, "is daar geen gevaar nie, Stoffel. By julle s'n ja. Julle rytuie kan stukkend stamp, hulle kan om-slaan, hulle kan teen mekaar bots. Julle is aan winde en reëns en swaar weer blootgestel. Maar daar waar my pad gaan, weg van die planete af, weg van die dunne lagie lug wat hulle omring, sonder gevoel van die swaartekrag wat van julle liggame hier 'n las maak, word jy veilig gedra op die wieg van die oneindigheid. Ja, as jy sou lus kry, kon jy maar val – en jy sou stil en ongemerk val deur die eeue heen, veilig van alle gevaar. En so trouens val ons almal maar al die tyd: so val die sterre wat sonne is, so val ons son wat 'n ster is, so val die planete en die mane. Komete en meteore en newelvlekke, uitgeleefde donker bolle: alles in die groot heelal is ewigdurend aan die val: en die val is die beweging en die lewe. Ook die stof van ons onmiddellike omgewing – die harde klip, die vaste yster, die roerende lewende vleis soos die drywende wolk, almal is maar heelalletjies van vallende deeltjies. Bang om te val, Stoffel? Die val is al lewe wat daar is; as dit een oomblik sou ophou, sou die sigbare skepping tot ongesiene niks verdwyn. Daar in my wêreld het ons die wette daarvan ontdek, en daarom kon ek hierheen val en daarom kan ek nou terugval na my eie tuiste toe."

"Loeloeraai," sê ek, "en jy gaan nou weg. Ons moet vir jou soos wilde barbare wees. Ons arme wêreld is vol droefheid en lyding en onreg, stryd en wreedheid en selfsug. En alles, alles deur onkunde. Kan jy ons nie van jou kennis nalaat nie?"

Voordat Loeloeraai my antwoord, kom daar 'n kleintjie met 'n telegram. Die drade was die dag nie ledig nie. Deur die land het die nuus van die snaakse afloop van die hofsaak gedreun. Die regering had die amptelike meedeling van die magistraat.

Die telegram wat nou hier afgelewer is, was van die Eerste Minister aan my en het as volg gelui:

"Versoek vreemdeling met alle beleefde vriendelikheid namens regering van Suid-Afrika om nie te vertrek nie Stop Stappe teen hom was veroorsaak deur ongelukkige misverstand en is op las teruggetrek Stop Ons waarborg hom volstrekte en onbelemmerde vryheid en nooi hom dringend om te bly as gas van die volk van die Unie Stop Verteenwoordiger van kabinet vertrek met spesiale vliegtuig om ons groete aan hom te bring."

Toe ek die telegram voorgelees het, kyk ons almal na Loeloeraai.

"Nou kan ek bly," sê hy.

"A, oom Stoffel," sê Engela, half-histeries van die plotselinge reaksie, "die regering wat jy ondersteun, het darem nie verniet die naam dat hulle vreemdes begunstig nie!"

"Hulle maak soos jy, Engela. Hulle soek nie – hulle verwelkom maar wat kom. Maar wat nou, Kerneels, van ons olifant-reis? Ons kan mos nou die plan weer uitvoer."

"Wag, Oom, tot ons hoor wat jou regering wil hê. Bly maar vanaand hier. Loeloeraai het die vrykamer, maar ons sal wel die slaapplek kan reël."

Die volgende voormiddag was die regeringsman daar – ene majoor sir Thomas Ietsofanders met 'n een-oog-glas en 'n peits-steelrottang-kierietjie. Hy het sy vliegtuig onder die polisie se beskerming gelaat en met die magistraat saam deurgekom.

Hulle wou dan vir Loeloeraai alleen sien, sê die majoor op Engels.

"Laat ons liewer Afrikaans praat," sê Loeloeraai. "Dis 'n doeltreffender en verstandiger geleimiddel om jou gedagtes uit te druk. Ek is van plan om hom op Venus te gaan invoer vir internasionale omgangsgebruik. En ons hoef nie alleen te gaan nie – ek het nie geheime om mee te deel nie. Ook is Kerneels en Stoffel my vriende."

"Maar óns het geheime," sê die majoor.

"Hou hulle dan maar," sê Loeloeraai, met sy soete glimlag. Ek sien sommer die majoor was die verkeerde man om te stuur. Ek het dikwels in die koerante gesien dat hy die regering by deftige funksies soos gedenkdienste en hoe begrafnisse verteenwoordig – hy word daarvoor aangehou. En daar sal hy wel deug. Maar hier was militêre aksies misplaas.

"Die regering is baie vriendelik," sê Loeloeraai, "en namens die volke van Venus wat ek verteenwoordig sê ek hulle dank. Maar die volk van Suid-Afrika het my reeds verwelkom en tuisgemaak en met die grootste liefde behandel – deur die verteenwoordigers van hulle ou tradisies wat my hier ontvang het."

"Daar is baie gewigtige belange op die spel," sê die majoor. "Dringende kabels is aan die Home Government – ek meen aan die Imperiale Regering – gestuur en antwoorde is ontvang. Ek het opdrag om jou énige aanbod te maak. As dit geld is – noem jou prys. As dit eer is – tot 'n hertogskroon toe."

"Ja?" sê Loeloeraai, en ek merk in sy oog 'n glinster, koud en skerp soos van 'n diamant, wat ek nog nie daar gesien het nie.

"Deel aan die Imperiale Regering die geheim mee van die wapen wat jy in die hof gebruik het toe jy die vuur ontsteek het op 'n afstand."

"Thomas," sê Loeloeraai, "jou base vra nie veel nie. Dis by ons 'n verouderde wapen. Mag ek deur jou aan die Imperiale Regering 'n paar ander eenvoudige ontwikkelinkies van die wetenskap van die bewoners van Venus vermeld? Julle gebruik julle kapitale voorrade van steenkool en olie wat nog in die aarde oorskiet op om elektriese krag te genereer om om te sit tot kunsmatige lig en hitte. Ons gebruik die natuurlike lig en hitte van die son om in elektriese krag om te sit. Ons span die oneindige bronne van energie van die atome in. Ons kon hierdie aardbol laat ontplof sodat sy deeltjies in die sterte van komete ronddwaal of as meteore die nagte van verre nageslagte op ander wêrelde verheerlik. Ons het die wette van die swaartekrag ontleed sodat ons die werking daarvan kan beheers. En die Imperiale Regering wil die geheim koop van 'n beuselagtige gogelspeletjie!"

"Nou ja," sê die majoor, gretig.

"Thomas," sê Loeloeraai, "watter waarde kan julle my aanbied? Goud? Ek het jou gesê ons breek die atome uitmekaar uit. Ons maak goud van lood soos julle staal van yster maak. Nee, nie so nie, want julle moet werk om die erts te grawe en ons werk nie – nie daardie soort werk nie. Goue standbeelde versier ons strate, die vloere van ons huise is van goud. Kan julle my goud aanpresenteer!"

"Die Empaaier wil jou met sy hoogste eretitels onderskei," sê die majoor.

"Ek is baie jammer, Thomas. Ek is 'n vreemdeling en 'n gas hier in julle wêreld – dit pas my nie om uit die hoogte te kom vergelykings maak nie. Maar jy dwing my daartoe. In my land weet ons nie van range en stande nie. Die hoogste by ons is die wat die meeste diens en offers bring. Hoedat daar by julle 'n ambisie kan bestaan vir 'n ledige titel waardeur die aannemer verlaag word omdat sy aanname 'n erkentenis is dat die titel hoër is as hy, kan ek nie begryp nie. Maar as dit ook anders was, sou jy, Thomas, jou beskaafde adel verwerp en verraai om jou diens aan wilde barbare te verkoop vir skulpies en klippies wat hulle om jou nek kon hang?"

"Is daar niks wat ek kan terugneem nie?" vra die majoor einde- lik toe hy en die magistraat opstaan om te loop.

"Ja, Thomas, daar is 'n kostelike ding wat ek jou sal gee om terug te neem. Kostelik, omdat dit die beste is wat ek het; kostelik, omdat hy onbetaald en onverdiend is. Neem vir diegene wat jou gestuur het my vergiffenis terug. Ek vergeef hulle die belediging dat hulle op die gedagte gekom het om 'n poging te maak om 'n verteenwoordiger van Venus óm te koop. Ek vergewe hulle omdat ek 'n verskoning vind in die vermoede dat hulle beroep hulle met 'n ongelukkige keuse van dienaars gewoond gemaak het."

En daarop is die majoor en die magistraat weg.

Vroutjie en Engela – nee, ek meen Engela – was baie nuuskie- rig om die besonderhede van die interview te hoor.

"Nou ja," sê Engela die aand, "nou kan ons mos ry. En sommer môre-oggend."

"Ek sê ook so," sê ou Stoffel. "Ons sal mekaar stadigaan hier begin te verveel."

"Ek vrees maar ons sal vir Loeloeraai verveel," sê Vroutjie. "Hoe kan óns ou gedagtetjies hom interesseer?"

"Lenie," sê Loeloeraai, "die hoogste wat ons op Venus het, het ek in hierdie aardse huisgesin aangetref. Liefde weet nie van verveling nie."

"Maar tog almiskie," sê Engela.

Loeloeraai kyk haar met 'n tergende glimlaggie aan. "Engela, jy het mos kans gesien om met my saam te ry Venus toe. Al moet ons nou die plesier van Herrie en die trem ontbeer – daar is 'n nader plekkie waar ons kan gaan uitkamp vir 'n nuwe ondervin- ding. Kerneels – hoe vér volgens julle afstandrekening is die maan?..."

"Hoera," bars Engela tussenin.

"Gemiddeld omtrent tweehonderd-en-veertigduisend myl," sê ek. "Teen duisend myl in die uur, tien dae..."

"Drie weke op die uiterste van Willem af, uit en tuis," sê Loe- loeraai. "Stoffel, en jy wat nie wil glo dat die aarde draai nie..."

"As 'n mens weet, hoef jy nie te glo nie," sê ou Stoffel. "Ek sal saamgaan."

7.   'N SMEEKSTEM OM HULP

ENGELA was gereed om sommer die volgende oggend te vertrek, maan toe. Loeloeraai se sfeer, wat intussen as 'n onbemerkte satelliet op 'n afstandjie van die aarde in veiligheid gesweef het, kon hy deur middel van een of ander draadlose verbinding in 'n halfuur terugroep om ons op te laai. Maar ou Stoffel moes natuurlik eers huis toe om vir Soetlief te gaan groet, en ook sy dogter Grietjie op Stellenbosch. Dit was mos nou darem, hoe jy dit ook neem, 'n taamlike reisie wat ons van plan was om te onderneem. En ek moes voorsiening maak vir die weeklikse behoeftes van my lesers. Vroutjie het my nog aan iets anders ook herinner.

"Ja, Vroutjie," sê ek, "jy lol heeldag oor my skuld hoewel jy jou al soveel jare daaroor moeg gemaak het dat 'n mens sou dink jy moes teen hierdie tyd uitgevind het dat dit niks help nie. So is nou maar my ongelukkige geaardheid; so het jy my kom kry; so het jy my leer ken; so het jy my geneem; so moet jy my maar hou."

"Kerneels, ja. Dis 'n goeie ekskuus om 'n mens se foute op die Skepper se rekening te plaas deur hulle aan jou geaardheid toe te skryf. Ek wonder hoe dit met die samelewing sou afloop as daardie verskoning in ons kriminele regsbedeling as geldig sou aangeneem word."

"Die maatskappy handel ook maar volgens sy geaardheid, Vroutjie. Hy straf. Maar laat ek ook tog maar my foutjie hê. Ek

kon baie ander gehad het wat erger was. Maar wat ek wou sê toe
ek jou in die rede geval het: ek sien goed kans om vir 'n drie vier
weke pad te gee maan toe en my krediteure hier onversorg na te
laat, buiten die een wat saamgaan. Ek reken hulle moet dankbaar
wees dat ek in die tydjie tog nie sal kan verder skuld maak om
teen hulle eise te wedywer nie. Maar my lesers wil ek nie in die
steek laat nie. Nie net dat ek uit my joppie kan uitgeskop word as
daar ongereeldheid by my diens kom nie; ek sou in my hart
jammer voel vir die arme publiek as hulle hulle Maandagse koe-
rant moet oopmaak en in plaas van my naam sien hulle daar
iemand anders s'n."

Toe kom Loeloeraai uit sy kamer. "Ek vrees ek is maar ongesel-
lig gewees hierdie laaste paar dae," sê hy. "Ek moet van die orige
tydjie gebruik maak om darem bietjie op hoogte te kom wat die
trap van kennis en beskawing van die aardse bevolking betref."

"Dit sal nie help om jou te vra wat jou indruk tot sovér is nie,
Loeloeraai?"

Loeloeraai glimlag. "Kerneels, julle natuurwetenskap het vorde-
ring gemaak as 'n mens in aanmerking neem waar julle 'n vyfhon-
derd – ja, 'n honderd jaar gelede gestaan het. In al die
departemente daarvan het ek nou byna die Encyclopaedia Britan-
nica deurgewerk."

"En ander vakke?" vra ek. "Die wysbegeerte, by voorbeeld? En
het jy na ons geskiedenis gekyk?"

"Vergeef my die uitdrukking, my vriend. Julle bespiegelende
wysbegeerte is 'n kranksinnige doolhof; julle ekonomiese teorieë
sielloos; julle regstelsels barbaars. Maar julle geskiedenis is
wonderlik. Ek had vir my doel maar nodig om twee elementêre
boeke te lees – Wells se Outline of History en Van Loon se Story of
Mankind. Wanneer sal julle tog al hierdie dinge in Afrikaans hê?"

"Loeloeraai, ons is nog maar 'n tien, twaalf jaar ernstig met ons
eie taal aan die gang. Toe jy ingekom het, was ek en Vroutjie net
aan't gesels oor my eie diensie in daardie rigting. Jy was vriendelik
genoeg om week vir week my bydragies te lees wat in "Die Burger"

verskyn. Hoe maak ek om hulle aan die gang te hou solank as ons weg is?"

"Jy sal tyd hê om op pad te skryf," sê Loeloeraai.

"Om te skryf, ja. Maar hoe kry ek my manuskripte hier? Ons gaan nou maar, soos jy sê, die nietige ou afstandjie wat vir ons van die maan skei. Maar tog – ons het nog geen posverkeer daarheen nie."

"Daar is geen stuk moeilikheid nie," sê Loeloeraai. "Ek is nog gedurig in verbinding met Venus, wat 'n hele entjie verder is. Ek sal jou 'n draadlose telefooninstrumentjie gee om aan jou koerantmense te stuur. Dan dikteer jy maar week vir week jou artikels. En hulle sal sommer kan teruggesels ook, as jy nuuskierig is om van tyd tot tyd te verneem hoe die mense hier op die aarde sonder jou teenwoordigheid klaarkom."

"Loeloeraai," sê ek, "dit sal gaan. Al moet my lesers dan in die tussentyd verlief neem dat my spelling verknoei word. Ek sal hulle van ons reis vertel. Die redaksie kan die reisverhaal onder 'n groot hoof laat verskyn – so iets omtrent 'Bekvelders na die Maan, van ons spesiale verteenwoordiger'."

"Nou ja, Ouman," sê Vroutjie, "dan gaan jy nou dadelik sit en skryf en jy vertel die hele geskiedenis van die besoek van Loeloeraai van die begin af. 'n Mens vang nie 'n storie in die middel aan nie. En dan hiervandaan vorentoe hou jy hom maar net week vir week by der hand."

En so het ek gemaak, en wat ek geskryf het, is die stukkies wat nou tot hier toe een vir een verskyn het.

Die tweede Vrydag in November het ons vertrek, die aand om nege-uur. Daar was niks om klaar te maak nie. "Wat het ons nodig?" het Loeloeraai gevra. "Water en lug en warmte en lig en kos. Ek het van alles 'n oorvloed, in vorms wat julle natuurlik nie mee bekend is nie. Maar as julle nou darem nou en dan mag verlang na die dinge waar julle aan gewend is..."

"Na die vleispotte van Egipte," val Engela, wat net by die voordeur ingekom het, in die rede...

"Dankie, Engela... dan kan Lenie van haar lekker wors en biltong en soutribbetjies, en sê nou 'n klompie varsgeslagte pluimvee saamneem. Die gewig maak nie saak nie, solank as die kos en klerasie maar nie te veel ruimte in beslag neem nie, Engela. Ons sal met ons vyf in die sfeer wees, jy weet."

Maar ons sou nie sommer so stilletjies wegsluip nie. Die Woensdag voor ons vertrek kom 'Die Burger' aan met die volgende hoofartikel van die redaksie:

'n VERSOEK AAN LOELOERAAI

Ons betuig ons innige simpatie met ons geagte medewerker, Sagmoedige Neelsie. Vir 'n man van sy alombekende skromerige beskeidenheid moet die publieke aandag wat hy op die oomblik trek niks minder wees nie as pynlik. Maar juis die omvang en diepte van daardie aandag is 'n maatstaf van belange wat gewigtiger is as die private gevoelens van welke individu ook. Die oë van die beskaafde wêreld is op Oudtshoorn gevestig. Want Vrydag sal daar 'n gebeurtenis plaasvind wat letterlik sonder voorganger is in die ganse lange geskiedenis van die mensheid.

Ons bewoon 'n onbeduidende planeetjie wat met 'n geselskap van maters, die meerderheid waarvan reusagtig groter as hy is, om 'n onbeduidende ster in die rondte draai: 'n ster 'n miljoen maal groter as die balletjie waar ons op is. En deur 'n grenslose heelal gesaai is daar 'n tallose heirskaar van sulke sterre waaronder daar weer reuse is waarby ons s'n tot onbeduidende nietigheid verdwyn. Van watter huisgesinne van bewoonbare planete kan hulle nie die hoofde wees nie! En dan lyk ons stryd en strewe, ons luste en laste, ons ou plannetjies en oogmerkies vir ons so gewigtig. Waarom? Omdat ons nog altyd, onder hierdie ontsaglike skare van hemelliggame, allenig was, vasgeboei aan ons ou stippeltjie in die ruimte, afgesluit van alle verkeer, van alle kennis, ja van alle moontlikheid van verbeelding van verbinding, met ons heelalgenote.

Nou, vir die eerste maal, het mense-oë die gedaante aanskou van 'n bewoner van 'n ander aarde. En aanstaande Vrydag, vir die eerste maal, sal vier van ons medemense hierdie aarde lewend verlaat om, al is dit vir 'n nietige afstandjie op die groot meetskaal wat ons nou in die oog het, maar tog om vir die eerste maal deur die boeie los te breek wat al wat stof is, besield of onbesield, deur die eeue heen hier onverbiddelik vasgeketting gehou het. Aan almal van ons is daardie reisgeselskappie so goed as persoonlik bekend: Neelsie, en sy Vroutjie, en Engela, en ons ou vriend, al verskil ons in die politiek, ons misleide maar agbare ou vriend, oom Stoffel Gieljam.

En tog kom aan die menslike vernuf nie toe die eer dat dit sy wetenskap is wat hom hierdie oorwinning laat behaal het oor die bande van sy omgewing nie. Wanneer ons peins oor die moontlikhede van ander wêreldbewoners dan kom voor ons gees die onvermydelike moontlikhede van ander trappe van aard en ontwikkeling. Ons dink aan die sport van wilde barbarisme vanwaar ons gestyg het... aan die sporte van die verre toekoms waar ons onbekende bestemming wie weet ons nageslag tot 'n bowemenslike hoogte sal voer waarteen vergelyk ons vandag min meer is as redelose diere. En al die hemelliggame is nie ewe oud nie; hoeveel verskil tussen skepsel en skepsel is daar nie reeds hier op ons aarde nie... daar sal minderes wees, gelykes, meerderes... ja, ons hoef nie daaroor te raai nie. Die een wat gekom het om met ons kennis te maak... waar staan ons teenoor Loeloeraai?

> *"In a boundless universe*
> *Is boundless better, boundless worse."*

Ons lesers het kennis geneem van die paar woorde, hoewel hulle meer verberg as wat hulle openbaar, waarmee Loeloeraai aan die verteenwoordiger van die regering, 'n suggestie gegee het van die wetenskaplike hoogte waartoe sy volk gevorder is. Ons kennis moet vir hom lyk soos die dwaasheid van babetjies, ons wysheid soos die dwaasheid van sagsinniges. Dis alleen deur sy vriendelike beleefdheid dat ons nie sy skatting oor ons verneem het nie.

Maar selfs dan – die weinige wat ons behaal het – wat kos dit ons nie! Honderde, duisende jare van wanhopige worsteling, van folterende inspanning – die patetiese rondtasting van dolende blindes – in die gevoellose, roekelose leerskool van 'n strawwe rasondervinding; neerlaag op neerlaag, teleurstelling op teleurstelling. En nog vandag sukkel ons, hygend, struikelend, teen die swaar opdraend pad wat ons maar skaars begin het om te klim – mank en vermink van die martelaarswonde wat ons ontvang het.

Sy hoogte van kennis kan Loeloeraai ons nie meedeel nie. Sou óns ook aan 'n harige Ainu of 'n Andaman-eilander die teorie van Einstein kan uitlê? Maar tog, hoeveel verder kan hy ons nie help nie?

Loeloeraai – ons weet jy kom oor weinige weke weer hier aan om ons broers en susters by hulle tuiste terug te besorg. Maar dan gaan jy heen en jy sal nie weer terugkom nie. Het ook die bewoners van Venus 'n hart van liefde en medelye? Jy het hier op 'n slagveld uitgekom; 'n slagveld van dooies en verminktes; selfverniel, ja, maar daarom te meer bejammerenswaardig. En onder hulle – want die aardse mensheid is darem nie so sleg nie, Loeloeraai – sien jy Samaritane wat wil troos en verpleeg. Maar hulle is onhandig; hulle geneesmiddels is ondoeltreffend; oor die slagveld lê 'n diepe duisternis.

Loeloeraai – ons behoort tog aan dieselfde familie. Jy kom nie daar gunter van die vreemde sterre af nie; jy is 'n deelgenoot met ons van dieselfde hoekie van die heelal, dieselfde ou sonnestelseltjie. Julle is nader as ons; julle het meer lig ontvang. Sal jy nie vir ons 'n straaltjie gun nie? Dit sal niks van julle verblindende heerlikheid aftrek nie."

"Neelsie," sê Loeloeraai – dit was die eerste maal wat hy my so genoem het – "Neelsie," sê hy nadat hy hierdie artikel gelees het, "ek sal 'n boodskap laat vir die lesers van jou koerant."

"Dikteer, Loeloeraai – ek sal skryf."

8. TWEE VEROWERINGS NODIG

WOORD vir woord, soos Loeloeraai vir my die boodskap aan die lesers van "Die Burger" gedikteer het, so het ek dit neergeskryf en so laat ek dit hier volg.

Loeloeraai, aan die lesers van "Die Burger": Groete!

Uit julle naam het "Die Burger" in sy hoofartikel van laaste Dinsdag 'n beroep op my gedoen, en uit naam van die volke van Venus wat ek verteenwoordig, antwoord ek daarop. Maar om daarop te antwoord, is een saak; om daaraan gehoor te gee is 'n ander.

Dis 'n beroep op my liefdadigheid waaraan ek van harte sou voldoen. Want ek het hier baie liefde ontvang – ek, 'n vreemdeling sonder aanspraak daarop – en ek het niks daarvoor gedoen om my dankbaarheid te betuig nie. Dis 'n beroep om mee te deel wat my niks sal kos nie, want die skat van kennis word nie verminder met verspreiding nie. Dis 'n beroep uit die ellende van nood, want hoeveel onnodige leed is daar nie hier op julle aarde nie, en waar deur word lyding veroorsaak as deur onkunde?

My vriende, as daar dan die vermoë is om te gee, en die geneentheid om te gee, en die nood om aan te gee – wat hou my terug?

Laat ons nadink oor die betekenis van wetenskaplike kennis en die vermoë wat hy verskaf om die natuurkragte in te span. Hy beteken baasskap. Want wie van julle wat 'n meulerad deur 'n stroom water laat draai, het nie van die natuur sy dienaar gemaak nie? En daardie baasskap beteken soveel te meer omdat dit 'n heerskappy is wat uit slawerny behaal is. Die aanwending van natuurkennis is suksesvolle rebellie.

Die natuur immers is 'n dwingeland. Hy gebied daardie stroom water om na die laagte af te daal, en dit maak so. Hy gebied die damp van dieselfde water om in die hoogte op te styg, en dit maak so. Daar is geen verset nie, daar is geen moontlikheid van verset nie, daar is geen wil tot verset nie. Was alle stof leweloos en sielloos dan was daar nooit rebellie teen hierdie gesag nie.

Maar in die dooie stof is 'n gees van lewe geblaas op 'n wonderwyse wat oneindig bo die bevatting is ook van ons Venusbewoners. Met die lewe het daar 'n ander heerskappy oor die stof gekom. Want in die lewe is daar 'n siel en 'n wil. 'n Wil wat kan kies, wat gehoorsaamheid kan kies. Ja, maar as hy nou ongehoorsaamheid kies? Hoe sal die natuur sy gesag handhaaf oor die besielde wese soos oor die dooie klip? Sonder teëspraak rol die klip maar van die krans af soos die stroom water na die see toe rol. So ook sal die dier daar afrol. Maar as die dier nou sy eie wil handhaaf en kies om nie oor die krans se rand te loop nie...?

Aanvanklik tog vind die dwingeland middels om gehoorsaamheid te verseker. Hy span die lewe in tot 'n harder slawerny as die van die lewelose stof. Want die lewe het gevoel en bewustheid van die juk wat hom beswaar.

Beskou tog, my vriende, die lewende bevolking van die aarde in sy geheel – mens en dier en plant. Is dit nie 'n aaklige skriktoneel nie? Dis één aanhoudende wrede roekelose worstelstryd. En vir elke lid van daardie samelewing 'n stryd wat uiteindelik uitloop op 'n onverbiddelike nederlaag. Die tier mag die bokkie verslind – ook vir hom op die allerbeste wag daar 'n ou dag van swakheid wanneer hy geen bok meer kan vang nie, en 'n stadige hongerdood. Van die hoogste tot die laagste, deur die duisend-duisende eeue heen is hierdie skrikbewind voortgesit oor 'n tallose heirskaar van swoegende, strydende, lydende, steeds mishandelde slawe.

En daardie slawediens met ellende vir sy loon en die dood vir sy bestemming, is nog nie wreed genoeg nie. Die lewe moet hom-self vermenigvuldig en voortplant opdat daar voorsiening mag wees vir ander slawe na hom – geslagte op geslagte van arbeiders, stryers, lyers, sterwers.

Vanwaar dan die gehoorsaamheid? Vanwaar die onderwerping? Die offerande op 'n nooit versadigde altaar van nuttelose niksbe-duidende niemendal? Die lewe het dan 'n siel en 'n wil en 'n keuse – waarom kies hy sy eie pyniging? Waarom speel hy sy gevoellose roekelose baas se speletjie om hom met sy ellende te vermaak? Waarom beoog hy nie sy eie belang, vind hy nie sy dryfveer in verstandige selfsug in plaas van dwase offersug nie?

Of, as ons die vraag andersom stel, waar kry die natuur die tugmiddels vandaan? Waar is die slaafdrywers met hulle swepe? Kyk, my vriende, daar is geen uitwendige tug nie. Die hele geheim van die speletjie is bluf en bedrog.

Die dwingeland het gesorg dat sy onderdane drie aansporings vir hulle eie bedrog sal hê: honger en vrees en liefde.

En die drie is onafskeidbaar van die lewe. Want die dier wat hom nie daardeur sou laat dryf nie sou omkom en geen kroos laat nie. Om sy honger te bevredig, verslap die lewe nooit in sy arbeid of in sy wreedheid teen sy eie lewensgenote nie; uit sy vrees vir pyn en dood span hy hom tot die uiterste in om sovér moontlik die weg van smart te volg na die bestemming van die dood; aan sy liefde vir sy eggenoot en sy kroos bring hy nog swaarder offers as aan sy honger en sy vrees. En so dien die besielde stof met bewus-te en berekende keuse soos die lewelose stof met lydelike onbe-wustheid, maar albei dien. Die heerskappy is volkome, die despotisme absoluut.

Hoe dan was rebellie moontlik? Hoe het die eerste verset ont-staan?

Die lewe, my vriende, het die bedrog van sy gesag ontdek. Onder so 'n regeringstelsel was stilstand onmoontlik. Daar moes noodwendig ontwikkeling wees. Daar moes 'n tydstip kom waarop die siel van die lewe soveel vernuf aangekweek het dat hy in staat geraak het om die voorwaardes van sy diens te leer ken en daardie kennis moes hom onvermydelik uit sy slawerny verlos. Want onder die wette waaronder hy buk, buk sy ganse omgewing. Julle eerste voorouers wat 'n stomp gedra het uit die oorblyfsels van die bos wat deur die weerlig aan die brand geslaan was, en die vuur aan die gang gehou het om die roofdier weg te hou en die nag te verlig en die winter te verwarm, was die voorgangers van die rebellie. Daarvandaan het die mensheid al voortgaande stelselmatig slawe van buite geneem om hulle eie slawerny te verlig. Daarvandaan moes die bome groei en arbei met lig en warmte en lug en aarde nie alleen om saad te skiet vir nageslagte van hulle eie soort nie, maar om brandhout te verskaf aan die oproerlinge. Ook had hulle vantevore geslaaf om met blad en vrug die honger van ander slawe te versadig; maar hier was nou die vernuf wat met bewuste opset deur 'n reeks van middels tot 'n berekende doel kon geraak. 'n Ras van slawe was deur aanhoudende verédeling ontwikkel wat die gewig van hulle juk leer ken het, en die oorsaak waarom hy so swaar is, en die geheim om hom te verskuiwe of selfs om van hom 'n nuttige stuk gereedskap te maak.

Maar daardie vernuf en kennis tot verlossing het baie stadig aangegroei. Hoeveel duisende en duisende jare het nie verloop sedert die aandra van daardie eerste stomp vuur nie! En wat het dit nie gekos aan inspanning en miskenning en martelaarskap nie om daardie eerste kennis sovér te ontwikkel dat julle baas julle vandag met sy stoom en sy elektrisiteit dien! Voorwaar, my vriende, ook die weg van kennis was 'n weg van harde slawerny: maar hierdie slag was dit die slawerny tot vryheid. Die stryers had 'n ideaal, 'n ander as die vorige ideaal om maar net te eet om te kan swoeg en te lewe om te kan ly en voort te plant tot verder swoeë en lyding.

En waar, my vriende, het die bitter behaalde vooruitgang julle vandag nog maar gebring? Van al die lande van die wêreld styg die gekerm van die mensheid nog maar op soos dit opstyg van die diere, soos dit opgestyg het van julle wilde voorouers. My vriende, julle het nog maar die eerste begin gemaak met die rebellie wat op julle uiteindelike heerskappy moet uitloop. Ook op my wêreld het ons nog nie die endoorwinning behaal nie – want met volmaakt- heid, waar sou die heerlikheid van strewe wees? Maar teen die onreg en dwaasheid en ellende van die aarde is die lewenstoestand op Venus 'n hemel.

En nou vra julle my, my vriende, en ek waardeer die diepte van smagtende droefheid van julle vraag – julle vra my, as die duisen- de jare julle maar vandag tot hier gebring het, hoeveel duisende sal dit nie nog kos om julle te bring waar óns heen gehaal het nie? En terwyl daar hulp is, moet ek julle ongeholpe laat? Terwyl dit in my vermoë is om julle voor te lig, moet ek julle in die donker laat? Waarom sal ek julle nie die verdere nag van dwaling en worstel en lyding bespaar en julle aan die hand neem en meteens na die daeraad lei nie?

Is dit nie treffend nie, vriende, dat daar nog nooit 'n openbaring gekom het van die geringste natuurkennis nie? Die natuur was nog altyd vry en ope vir julle navorsing; julle had die verstandelike rede daarvoor. Maar hulp had julle nie; julle moes julle eie onder- wysers wees. Hoe pynlik en stadig – ja, hoe onnosel en onnodig stadig, die vordering ook was, julle moes op julleself staatmaak sonder buitemenslike of bowemenslike voorligting. Waarom? Omdat kennis, anders as deur julleself verkry, tot julle groter ellende sou gelei het.

Ja, lyk julle selfverwerfde kennis nie reeds of hy te snel gevor- der het nie? Julle het die stoomkrag in julle diens ingespan. Uit ontsaglike fabriekstede styg swarte rookwolke op na die hemel om te getuig van julle oorwinning oor die natuur. En die heerlikheid van die sonneskyn en die glorie van die sterrehemel is agter die donker wolke weggeraak. En duisende van julle medemense slaaf in die fabrieke soos stukkies masjinerie, sonder 'n wil, sonder 'n doel, sonder belangstelling: 'n lewelose lewe, 'n onmenslike menslikheid. Die harde slawerny van die natuur is vervang deur 'n slawerny van wetenskap wat oneindig harder is. Die diens wat julle verniet gekry het om julle lot te verlig, het dit verswaar.

As ek julle sou kennis meedeel, watter gebruik sou van die kennis gemaak word? Die onlangse slagvelde van Europa het getoon waartoe die wetenskap kan ingespan word. Aan wie se mag – aan watter regering se mag op aarde – kon ek dit waag om die vloekseën van verder wetenskap toe te vertrou?

Want, my vriende, die een suksesvolle rebellie is nie genoeg nie. Daar is nie alleen die natuur daarbuite om te oorwin nie. Daar is die natuur wat binne is. 'n Dier plus verstand en kennis en sonder meer is 'n duiwel. Die binneste tugmeesters van die dwingeland – liggaamlike honger en vrees, sinnelike liefde, moet saam oorwin word. Die selfsug wat sy geluk soek met roekelose onverskilligheid omtrent die geluk wat hy by 'n ander verderf, moet plaas maak vir die offersug wat sy behae vind in gee in plaas van neem, in uitdeel in plaas van skraap. Op die ou end is dit die verstandigste selfsug. Hy lei tot die hoogste geluk. En dis nie 'n nuwe aankondiging wat ek maak nie, my vriende. Hierdie weg van heil is julle byna twee duisend jaar gelede duidelik aangewys. Had julle hom maar gevolg dan was die aarde vandag 'n Venus.

Vergewe my tog, my vriende. Ek wil nie onaangename dinge sê wat dit vir 'n gas en 'n vreemdeling nie mooi is om te sê nie. Maar julle het my gevra en ek moet eerlik wees. So min vordering het julle nog gemaak met die grotere rebellie – die verset teen julle eie selfsugtige diere-aard – dat selfs waar julle die beginsels van offerande en liefdediens van buite wou toepas, het dit op 'n aaklige ramp uitgeloop. Die Franse rewolusie was gegrond op die vrome beginsels van vryheid, gelykheid, broederskap. Die Russiese bolsjewisme op die vrome doel van die beheer van die voortbrengsels van die wêreld in die hande van die werkers van die wêreld. En in plaas van die beoogde geluk het daardie proefnemings die vorige ellende verdubbel en verhonderddubbel. Waarom? Omdat dit nie help om aan die ingesetenes van 'n kranksinnige gestig redelikheid en wysheid te preek en die grendels van die deure af te gooi nie. Soos die wetenskap nie eensklaps gekom het nie, so kan die herbore mensheid nie eensklaps kom nie.

Watter regeringsvorm, watter ekonomiese staatstelsel, sal julle vra, het ons dan op Venus? My vriende, ons het geen regerings-vorm daar nie. Daar is geen dwang nie want daar is geen onge-hoorsaamheid nie. Daar is geen wedywer om loon nie want liefdediens is sy eie loon. En in die loop van die eeue, sedert ons duisend-duisendjarige ryk aangebreek het, het ons ondervind dat die offerande geen offerande meer is nie, die diens geen arbeid nie; dat ons nie oor geluk hoef te stry nie want die geluk is daar in oorvloed om te neem. Wie sal ook goudgierig wees as hy soveel goud vry kan vat as wat hy begeer? Die verskil tussen selfsug en offersug het by ons verdwyn.

En hier op aarde dan? As die erfenis moet wag tot die erfgena-me mondig is, as die troon moet wag tot die prins bevoeg is om te regeer, as die wetenskaplike oorwinning alleen geluk kan bring wanneer hy voorafgegaan word deur die selfoorwinning – dan, my vriende, soos die een trapsgewyse vorder so kan die ander alleen trapsgewyse vorder. En ek merk reeds, as ek dit mag sê, alle tekens van so 'n aangevange vooruitgang. Julle staan baie, baie ver bokant die dierlike wreedheid van die wilde barbaar. Soos die ouer sy hongerige kind voed, sy swakke kind beskerm, so getuig julle hospitale en vrye skole en noodlenigingsinrigtings van die uitbreiding van kroosliefde en man-en-vrou-liefde tot naasteliefde en menseliefde. Daar, hand aan hand met die dryfvere van eiebe-lang en selfsug waarsonder die mensdom van die aarde ten gronde sou gaan soos die roofdiere ten gronde sou gaan sonder hulle wreedheid: saam met daardie dierlike aanspoorkragte wat nog hier nodig is, sal daar langsamerhand groei – groei daar nou langsa-merhand – die hoër adel van medelye en milddadigheid en diens-vaardigheid. Julle groot weldoeners: julle wetenskaplike navorsers, julle beoefenaars van die veredelende kunste, julle hervormers en martelaars – is dit nie reeds hulle gebruik om sonder loon te werk, ja om rykdom en weelde en eersug te verag nie? Om tot 'n volksbesitting te word, moet hierdie bowedierlike gees by die enkelinge begin. Elke nederige onerkende offerdiens, elke liefdegawe sonder berekening van terugkeer, is 'n bydraag tot die vermensliking van die mensheid.

Vat moed, my vriende! By al die onreg en wreedheid, die onnodige leed en ellende, wat nog op die aarde heers, is daar deug en liefde wat vir julle baie beminlik maak. Inagnemende waar julle begin het en waar julle gehaal het, is die ou aarde nie 'n oneer vir die sonnestelsel nie. Op die ou end lyk dit vir my julle rebellie teen die kwaad daarbuite het nie julle rebellie teen die kwaad van binne vooruitgeloop nie. Julle verstand is nie verder gevorder as julle hart nie.

En met hierdie woorde eindig ek my besoek aan die skone hemelliggaam wat deur die eeue heen aan ons uitspansel gepryk het soos 'n goddelike juweel. Want, o aardbewoners, julle is soos ons, hemelbewoners. Alleen maar: die engele maak die hemel, nie die hemel die engele nie. Aan geen wesens kan geluk van buite meegedeel word nie. Daarom soos ek julle gekry het moet ek julle laat. Loeloeraai se hart is baie seer; hy het die salf en hy moet die sieke in sy smarte laat.

Loeloeraai seg julle, o aardbewoners, vaarwel.

9.   AFSKEIDSTOESPRAKE

VAN DIE Woensdag af het die toestroming van besoekers al begin. Tien twaalf spesiale treine op 'n dag was gepak met mense wat vas teen mekaar staan op die brûe, in die gange, waar daar maar 'n staanplekkie was. Van alle kante – uit die Groot Karoo deur Meiringspoort en oor die Swartbergpas, van Calitzdorp en Ladismith, uit die Grasveld, uit die Oostelike Provinsie, verder noordwaarts uit Namakwaland en Duitswes, uit Kimberley en Rhodesië, Vrystaat, Transvaal, Natal, Zoeloeland, die Portugese gebied, die Belgiese Kongo, en verder, verder, verder vandaan – uit Noord-Afrika, Europa, Amerika, Asië, Australië, die eilande-wêreld van die Stille Oseaan, met lugskepe, vliegtuie, motors, het hulle gekom. Aarde en hemel was swart van die menigte – almal gekom omdat al die ander gekom het. Want mense doen wat hulle nie sou doen nie omdat ander mense doen wat hulle nie sou doen nie as húlle nie sou doen wat hulle nie sou doen nie.

Oudtshoorn is in daardie paar dae kafgetrap. Die winkeliers het hulle pryse verhonderddubbel en toe was hulle rakke die tweede dag dolleeg. Van dertig kante het ek voldane kwitansies gekry met 'n mooi briefie: "Neelsie, ons skeld jou die skuld kwyt. Jy't ons ryk gemaak." Net een ondankbare vervlakste kind met die seldsame naam van Brown, wat 'n wrok teen my had omdat hy my nie kon verdra nie, het aansoek gaan doen by die Hoë Geregshof onder die voorsienings van die wet op gyseling, om 'n bevelskrif vir my inhegtenisneming omdat ek van plan was om uit die jurisdiksie te ontvlug. (Ekself sou nooit by hom gekoop het nie – ek kan hom nog minder verdra, die ellendeling, as hy vir my, hoewel ek nie 'n wrok teen hom het nie – maar hy het dan kastig 'n spesiale soort sykouse uitgepak en Engela s'n was te dig van stefasie.) Volstruisvere – die mense wou almal 'n memento van Oudtshoorn saamneem – is verkoop, eers twaalf vir 'n sjieling, en toe op en op tot eindelik vir tien pond stuk. (Die boere was naderhand verplig om die voëls met komberse toe te maak om hulle nie te danig modern daar te laat uitsien nie.)

'n Klompie bevoorregtes is op my erf toegelaat – verteenwoordigers van verskillende moondhede en Vroutjie se familie, waaronder ou Watwo. Ek het 'n paar tente laat opslaan en Kiewiet papkuilskerms laat opsit, en my waenhuis en my stal beskikbaar gestel, en ook die trem – maar almal kon ek nie huisvesting gee nie. Die gesant van elke moondheid had 'n staf wat sterker moes wees as die ander, en Vroutjie se familie is talryker as wat ek aanvanklik bedagsaam was om mee rekening te hou. Dit was in die bloedige somer en die beste wat ek kon doen – sodawater en lemos was lank al drooggedrink om nie van onskuldiger dranke te praat nie – al wat ek kon doen, was om Herrie die arme mense te laat natspuit tot my dam ook droog was.

Praat van bure! "Is daar nou genoeg na jou sin, Vroutjie?" vra ek haar die Vrydagmiddag. Toe staan die mensdom een blok aanmekaar sovér as jy kan sien tot oor die heuwels oorkant en deeskant, teen die rante van Schoemanshoek uit en dwars oor die rooikranse van Bakenskraal.

Ons was voor op die stoep – sy en ek en ou Watwo en 'n duisternis van verwante wat ek elke slag die naam en die graad weer van moes verneem. Loeloeraai was in die huis. Ek kon verstaan dat hy skuilte gesoek het om die baie soorte vrae te ontduik. Engela was in haar kamer. "Ek weet nie hoe't ek ooit vandag klaarkom nie," het ek haar al vroeg die oggend aan haar ma hoor sê.

"Ja, Vroutjie," sug ek, "praat van bure! Waar is tog die dae toe ons weg van die wêreld se gewemel ons geluk gevind het in die eensaamheid van Meiringspoort!"

"Is ek ook vir jou 'n oorlas Kerneels?" vra ou Watwo. Die ou is baie kort gebonde.

"Ag, ou swaer Gideon," sê ek, "ek praat nie van familie nie. 'n Mens het hulle juis te meer nodig omdat ander mense almal teen jou is en jou gedurig vervolg. Hier wou ek nou net van die aangename geleentheid van jou vriendelike besoek gebruik maak om 'n behoeftetjie onder jou aandag te bring. Waarvoor is ons dan ook familie as ons nie mekaar help nie?"

"Help?" sê die ou: "Watwo. Ek moet maar self sorg om nie verleë te raak nie. My familie sal nie na my omkyk nie."

Toe praat een van die ander. "Jy na ons ook nie, neef Gideon."

"En jy? Watwo. Help jy vir Kerneels en laat ek sien hoe vurig jou familiegeesdrif is. Watwo."

"Ou Watwo," sê ek en ek hoes die benaming gou dood; "ou swaer Gideon – dis nie eintlik hulp wat ek nodig het nie: net maar 'n kleine voorskotjie. Ek is uit my moeilikheid los. My krediteure het soveel miljoene ponde uit my gemaak deur die toestroming van die menigtes dat hulle my kwytgeskel het. Op twee na. Die een is ou oom Stoffel Gieljam. Hy gaan mos saam, maan toe..."

"Maan toe? Watwo..."

"Die ander een is daardie blikemmer van 'n Brown. Hy wil my laat arresteer om my hier te hou. En dis maar 'n bog sommetjie van agtien pond – opewerk-kouse wat byna niks moes gekos het nie want daar's net 'n paar draadjies sy in elk – met 'n paar in die sewentig pond prokureurskoste. Dié sal ek dadelik kan aansuiwer as ek terugkom..."

"Terugkom? Watwo."

"Ek gaan mos maan toe as spesiale korrespondent van 'Die Burger'. Die ander koerante is so nydig dat hulle wil doodgaan –

hulle kan wragtig nie daarheen korrespondente stuur nie. 'Die Burger' sal my baie goed betaal."

"Goed betaal? Watwo. Laat hulle Brown se vordering oorneem."

"Swaer," sê ek, " 'Die Burger' se mense is baie baie goeie mense. Amper te buitensporig weelderig baldadig liefdadig – anders sou hulle ook honderd-duisende persente dividende aan hulle aandeelhouers kon uitbetaal soos die Engelse koerante maak."

"Nou ja, Kerneels, as hulle dan so liefdadig is..."

"Swaer Gideon, hulle het ook hulle behoeftige familie. As hulle dié sou verwaarloos om na joue om te kyk, sou jy mos bitter aanstoot daaruit neem."

"Aanstoot? Watwo."

En verder as dit kon ek nie kom nie.

"Ouman," sê Vroutjie, "hoe is dit dan met oom Stoffel? Of sou Soetlief hom verbie het om saam te gaan?"

"Daardie jong vrou?" merk ou Gideon op. "Hom verbie om saam te gaan? Watwo."

"Vroutjie," sê ek, "die ou sal hom nie van 'n vrou laat keer nie. Hy is nie so onderdanig soos ek nie. Maar hy moes gesorg het om eerder by der hand te wees. Ek sien nie kans hoe't hy nou deur hierdie miljoene-gedrang sal kom nie."

En toe sien ons 'n vliegtuig wat wil afkom, maar hy draai al om die huis. Daar was geen sitplek op die werf nie.

"Kerneels, Kerneels!" hoor ek ou Stoffel se stem uit die lug uit, "sê vir jou olifant om skoonveld te maak. Ek wil nie langer hier in die lug rondry met die verbrande Engelsman nie."

Eindelik het die vliegmasjien dan darem geland.

"Dag Kerneels, dag Lenie," sê ou Stoffel. "Ek betaal hierdie verditendatste Engelsman dertig pond net om my van Stolsvlakte af hierheen te bring. Om op die grond langes deur te kom was omgodsenonmoontlik. Maar ek wou jou nie in die steek laat nie. En ek wou nie daardie vreemde aandster-kêrel..."

"Aandster? Watwo," brom ou swaer Gideon van die stoep af...

"Ek wou hom nie met die indruk hier laat weggaan dat 'n Sap gewillig is om allerhande dinge te glo wat hy nie self gesien het nie."

"Oom Stoffel," vra Vroutjie, "wat sê Soetlief van die reis wat jy wil onderneem?" "Soetlief? Sy is eintlik so in haar knoppies. By ou miesies Wenderbaail en ou miesies Makpaatrie en al daardie spul sosaaitie-vroumense is ons mos bekvelders en takhare wat nie eens van 'n trein af weet of hoe't 'n mens jou rokke kort dra nie. Nou is ons hulle almal hopeloos vooruit. As ek weer terug is..."

"Terug? Watwo," hoor ek van die stoep af...

"Sal ek náár van my home gesels daar op die maan."

So het ons onsself opgebeur met ligsinnigheid – ek en oom Stoffel. Intussen was die son aan't sak; die tydjie van ons vertrek kom nader en nader. Laat ek nou maar bely dat die ou kêrel senuweeagtig was. Vroutjie en Engela glad nie – 'n vroumens het mos 'n baie groter hart as 'n man. Ekself – ek was seker nie so bang soos ou Stoffel nie: ek weet mos darem meer as hy van die sonnestelsel en sulke dinge en familiarity breeds contempt. Maar tog – as ek nie onwillig was om "Die Burger" teleur te stel nie... hoe meer dit na die aand se kant toe draai, hoe meer het ek begin te wonder of daar tog nie iets sou gebeur om die vertrek te verhinder nie.

En net toe die son sy kop wegtrek, sê ek: "Goddank." Weer kom 'n vliegtuig met kurktrekkerdraaie af. Toe ons plek gemaak het vir die ding om te gaan sit, klim die onderbalju uit en hy stap op my af.

"Ek het 'n lasbrief van die Hoë Geregshof," sê hy,"om jou in hegtenis te neem op die eis van John Brown vir £18 7s. 5d. en £95 19s. 11d. onkoste."

"Vat my," sê ek, "ek het nie geld nie."

"Skeur daardie man uitmekaar uit," skree die skare. "Ons laat nie die reis nou verhinder nie." 'n Mens sou sweer dit was hulle reis.

"Nee, vriende," sê ek, "dis 'n wetsamptenaar die. Ons moet wetsgehoorsamig wees."

En toe tree ou swaer Gideon nader. "Sal jy my tjek neem?" vra hy die balju.

"O ja, met die grootste plesier."

"Swaer," sê ek, "ons is nou familie, maar ek wil nie Vroutjie se bloedverwante tekort doen nie. Brown is niks van my nie. Laat hom liewer die skade ly. Hoe sal ek jou ooit kan terugbetaal?"

"Terugbetaal? Watwo. Ek kry nie al dae die kans om een slag so te help dat ek nooit weer sal hoef te help nie."

En hy haal sy tjekboek uit. Daar was niks aan te doen nie.

Om halfnege die aand was alles dan in gereedheid. Toe Loeloeraai by die sydeur uitkom, bars daar 'n juigkreet los en hy sprei soos die rollende donder verder en verder uit tot na die buitenste uiteindes van die mensemassa. Loeloeraai hou sy hand omhoog, weer met 'n dingetjie nes 'n verkyker, en aanstons kom daar 'n blink stippeltjie in die lug; hy word al groter en groter totdat die sfeer stadig afsak en weer op sy ou plek kom rus nes die vorige maal toe ons hom sien neerdaal het.

"Spiets, spiets, Loeloeraai," skree die mense.

"Kerneels," sê Loeloeraai, "ons moet darem 'n paar woorde sê by ons afskeid. Waar sal ons staan om so vér as moontlik gehoor te word?"

"Kom ons klim op die trem op," sê Engela. En tot verdriet van die besitters is daar vir ons plek gemaak. En daar het ons op 'n ry gaan staan, Loeloeraai en Vroutjie en Engela en oom Stoffel en ek.

"Julle eers," sê Loeloeraai.

"Toe, Kerneels," sê oom Stoffel.

"Nee, oom Stoffel, begin Oom. Ek voel nog half bewerig van die klim. Oom weet my hart pla my."

"Ek wonder waar hy op die oomblik sit," sê die ou. "Maar ek sal begin."

"Vriende," sê die ou, "julle kom uit alle dele van die wêreld en julle het van die dopper-takhaar-boere van Suid-Afrika gehoor. Ek is een van hulle. Ons laat ons nie deur vreemdelinge vermaak of bangmaak of wysmaak nie. Kaalmaak ja – maar wag. Ons is langsamerhand besig om ook skelmstreke te leer, en waar óns eers in die skool kom, klop ons altyd ons mededingers uit. Ons het nog nooit julle stories geglo dat die aarde draai nie. Die mense, ja, nou in die laaste tyd, en veral die wat die vinnigste besig is om die skelmstukke te leer in die uitlanderskool – hulle draai nes blinde skape, afgrond toe. Of die aarde draai en of hy stilstaan, kan 'n mens nie sien as jy saam draai of saam stilstaan nie. Nou ja, ek het nou die geleentheid om van hom weg te kom om te sien. En as hy draai, hoop ek om oor 'n maand terug te wees en maar saam te draai. En as hy stilstaan, sal ek saam kom stilstaan. Die gevare van die reis vrees ek nie – ek was onder die Kaapse dokters se hande deur en ek het anderkant uitgekom. Hoe dit met ons gaan, sal Neelsie rapporteer, en lieg sal hy nie. Ek sal daarvoor sorg, want hy sal sy boodskappe met sy mond moet afstuur waar ek by is. En kom ons nie terug nie – moenie alte gerus wees nie, vriende. Daar sal een takhaar minder wees, maar julle is nog deur die laaste honderd jaar aan 't minder maak onder ons en ons doodkry is min. Sê maar vir Jannie Smuts hy moet reghou. Hy moenie 'n papbroek wees en die volk tevrede stel nie. Hy regeer nog altyd met sukses oor ontevredenheid en net so gou as 'n ding beter gaan as goed gaan hy sleg. En julle vreemde nasies daar in Europa julle moet basta oorlog maak. Dit sal ons naderhand verveel om te kom deursien en dan sal julle nie klaarkry voor julle almal dood is nie. Al die beste, vriende, en tot weersiens dié van julle wat nog sal lewe as ek terugkom. Ek sal daar van gunter of oplet hoe julle julle gedra. Dag, vriende."

"Hoera vir meneer Gieljam!" kom uit duisend-duisend keelgate. Nie een uit die honderd kon hom hoor nie – nie een uit die tienduisend kon hom verstaan nie. Ons taal is nie 'n wêreldtaal nie.

My spiets was nie 'n sukses nie. Vereers het my hart my maar gepla die dag. En dan het ek daar 'n klomp koerant-rapporteurs gesien. Hulle kan 'n mens nooit verstaan nie – hulle is mos deskundige luisteraars – en dan verdraai hulle jou en hulle lieg oor wat jy gesê het. As ek wil lieg, wil ek self lieg – ek wil nie laat gelieg word nie. Toe het ek die mense maar namens Vroutjie en Engela bedank vir hulle belangstelling en gesê dat ek nie nodig had om vooruit te praat nie – ek sou mos van die reis af gereelde verslae stuur.

Loeloeraai se beeld is nog voor my soos hy vorentoe gestaan het en sy hand opgelig het om aan die oorverdowende applous 'n end te maak sodat hy kon begin. Die son was net agter die berg in, die rooi naskyn betower die wêreld met heerlikheid, en die glorie daarvan was op Loeloeraai – op sy glansende hare en baard en sy goudskynende toga.

"Mense van die aarde," sê hy met 'n stem wat soos klokkies klink en in helder galme wegruis oor die menigte tot daar ver op die uiterste heuwels onder 'n stilte wat doods was, "mense van die aarde! Sien julle daar?"

En almal se oë draai na die weste waar die aandster blinkend te voorskyn gekom het.

"Daar," gaan Loeloeraai voort, "is my tuiste. Julle nageslag sal ons kom besoek soos ek julle kom besoek het; en aan die kinders van my kindskinders sal ek die opdrag laat om hulle met baie liefde te verwelkom, want ek het baie liefde hier ontvang. Maar nou sê ek vaarwel. Ek kom weer om julle aardgenote wat so vriendelik is om my te vergesel op hierdie korte uitstappie, terug te bring. Maar ek sal nie dan vertoef nie. Ek is meer as drie jaar van die huis af; dit sal my meer as drie jaar neem om weer tuis te kom. Wat ek hier gekom het om te sien het ek gesien: my diens en my plig wag vir my in my eie gebied. En daarom sê ek vaarwel, my vriende; ek neem van julle afskeid met tere herinnerings; met medelye om die baie leed wat nog hier onnodig kwel; met hoop want ek sien julle hoofde is na die berge gerig al is julle voete nog in die modder.

"Vat moed, aardbewoners! Julle bestemming is van ouds aan julle aangekondig; heerskappy, heerskappy, heerskappy. Dit is wat my voorreg beteken dat ek vandag julle aarde kan betree; dit is wat my vriende se voorreg beteken dat hulle hom vanaand kan verlaat. Lees Genesis een vers 28: dis 'n gebod en 'n voorspelling. Die siel moet heers oor die stof – die stof van sy eie liggaam en daarna die stof van sy omgewing. So sal julle regeer soos ons geleer het om te regeer; maar die amp van 'n regeerder is verant-woordelik, sy opleiding moet deeglik wees, deeglik al is dit ook pynlik. Deur die modder na die berge toe, deur harde kastyding na die sterre. En dan bly daar, wat? Nie meer 'n stoflike heelal met geeste wat sy slawe is nie, maar 'n heelal wat dien en geeste wat in geestelike diens hulle liefde en hulle geluk vind.

"Die stof is heerlik, my vriende, heerlik en wonderlik, oneindig wonderlik soos ons in my wêreld nou eers begin te besef. Heerlik en wonderlik; maar dis maar die kleed van sy inwoners. Julle sal aanstons opkyk na die glorie van die sterrehemel waarin ons onsigbaar sal verdwyn het. Maar wat is die glorie van die juwele teen die skoonheid wat werd is om hulle te dra; die prag, van die kroon teen die majesteit wat hom verdien? Die heelal, my vriende, met sy skitterende sonne, is 'n woonplek: hy is daar ter wille van sy inwoners. Maar ek sê dit weer – die inwoners moet heerskappy voer en dis alleen moontlik deur hulle eie oorwinning. Word veroweraars, my vriende! Loeloeraai sê julle vaarwel."

Met 'n trapleertjie het ons ingeklim. Binne was 'n ronde vertrek, met 'n vloer en 'n plafon waaragter die bergplek was van toestelle en voorrade. In die rondte om was sofas teen die muur; en in die middel deur die kompartement 'n gordyn sodat die vroumense hulle by slapenstyd kon afsonder.

"Sit, vriende," sê Loeloeraai. "En gespe tog die rieme wat teen die muur hang om julle lyf vas."

Ek en oom Stoffel kyk vir mekaar. Loeloeraai sien die vraag in ons blik. "Dit help nie om nou kleingelowig te word nie," sê hy. "Julle sal die rede vir die spantoue aanstons ontdek."

Toe draai hy die ronde skyf vas, en hy slaan die lig aan.

"Ons sal vensters hê om deur te kyk," sê hy, "so gou as ons onder die lug uit is. Anders slaan hulle aan van die waterdamp. Is julle klaar? Nou!"

En hy druk op 'n knoppie.

10. TAKHAAR-OPLEIDING

TOE Loeloeraai op die knoppie druk, voel ons meteens dat ons opgelig word; en omdat die snelheid aanvanklik gering was en al meer en meer toeneem, het die gevoel van drukking van onder af gebly. Maar ná 'n paar minute, toe die maksimum snelheid behaal was en ons vaart dus eengalig aanhou, was dit dadelik of ons rus onder ons wegraak. Toe ons sien, hang ons almal los in ons spantoue.

"O magtig, Kerneels," sê ou Stoffel, "ons val! Die ding raak onder ons uit. Hy begin te makeer. Ons sweef almal los nes erte in 'n geskudde blaas."

"Nee, Stoffel," sê Loeloeraai, "ons styg nou op ons vinnigste. Maar die swaartekrag is afgesny: al wat binne die sfeer is, is absoluut sonder gewig – anders kon ons nie van die aarde weggekom het nie. Strek uit jou arm, Stoffel. So. Nou voel jy – jy hoef hom nie reguit te hou nie, hy bly self so. Daarom het ek ons in die spantoue laat gespe. Hierbinne is ons net soos ontliggaamde geeste. Wil julle sien? Kerneels, maak vir Engela tog los en gee haar 'n effentjiese stootjie."

Toe ons weer sien sweef Engela in die lug, in die middel van die sfeer.

"Nou kan jy jou hou in watter postuur jy wil, Engela – sit of lê of staan of hang, dis alles eners. En voel jy? Daar is geen stuk onder of bo nie."

"Ai, maar dis heerlik!" sê Engela. En sy draai haar na alle koerse toe. "So 'n sagte rusplek is daar op die aarde nergens te kry nie. Ek is soos 'n swewende seepblasie, gewieg in die lug."

Loeloeraai raadpleeg 'n instrument aan die muur. "Ons sfeer is nie meer in die lug nie. Gelukkig het ons lug hierbinne in voorraad. Jy voel nie dat dit bedompig is nie, Kerneels?"

"O nee. Die lug is soos die varse geur as die donderweer oorkom; soos in die vroeë oggend aan die seekus."

"Osone," sê Loeloeraai. "Ons sal dit so hou. Maar in alle geval, ons het die lug daarbuite verlaat – ons is al 'n vierhonderd myl bokant die oppervlakte van die aarde – as ons nog van 'bokant' kan praat. Ek kan nou die luike verwissel vir ruite."

"Gaan jy hulle één vir één oopdraai?" vra ou Stoffel.

"O nee, dan is ons dadelik dood. Die lug wat hier in is sou in 'n oomblik uitstroom. Ek skroef eers die glase in hulle plek, en dan laat ek die luikskywe binne in die muur wegrol."

Toe die eerste venster oop was, kyk ons uit. Daar was niks as die stikste donker nag waarin ons uitsien uit die heldere lig van binne. Ek kon nie help om te ril nie. Die eensame nag – weg van mens en mensewoning, weg van alles wat om en by ons was van ons wieg af, swerwende swewende in die uiterste duisternis.

"Maar waar is die sterre dan, Loeloeraai?"

"Nie in daardie rigting sigbaar nie, Stoffel. Ons is in die nag van die aarde af weg, ons is nog altyd in sy skaduwee. Ons kyk nou vas teen sy donker kant nes julle gewénd is om teen die nuwe maan te kyk. Die maan maak nie die hemel donker nie omdat hy te vér is om 'n merkbare deel daarvan te bedek. Maar onthou, ons is nog sommer hier vlak by die aarde. Hy sluit vir ons na hier die kant toe alles weg. Ook natuurlik bedek hy die son vir ons. Maar wag, ek sal na die ander kant toe oopmaak."

En toe daardie ruit in was en die skyf rol weg voor die glas, bars ons almal uit van verrukking. So 'n gesig het geen aardbewoner nog ooit gesien nie. Immers van die aarde af sien ons die sterre dof deur die dikke lae van die lug. Ons bou sterrewagte op hoë berge, maar nog is ons soos moddervisse wat deur troebel water opkyk na liggies wat van bo deur hulle medium inskyn.

Toe ons hier uitkyk, was daar een glorieglans van sterre teen mekaar gepak, skitterende met 'n heerlikheid wat byna verblindend was. En hulle had kleure hier – groenes, rooies, bloues, geles en tussenin spierwittes, almal vonkelend van lewe asof dit 'n roerende panorama was.

"En tog," sê Loeloeraai, "julle mense op die aarde is nog hoog bevoorreg. Julle eerste wetenskap, veral julle eerste begrippe van die beginsels van die matesis, het by die waarneming van die sterre begin, duisende jare gelede. Was die sterre altyd vir die menslike oog bedek, watter barbare was julle nie nog vandag nie."

"Is die sterre dan nie van al die planete af sigbaar nie, Loeloeraai?"

"Nie van óns wêreld af nie," sê hy. En toe vertel hy ons een van die seldsame dinge wat hy ooit van Venus vermeld het. "Ons het 'n steiler opdraande pad gehad om te klim as julle, Kerneels. Venus is met ewige wolke bedek. Uit die gedrag van 'n slinger en van hoogvallende voorwerpe het ons sy eie beweging afgelei. Totdat ons sterrewagte gebou het wat bokant die wolke uitsteek. Ook óns beskawing het swaar en stadig gekom, Kerneels."

"Loeloeraai," sê Vroutjie, "wanneer sal ons die aarde weer kan sien? Of hou ons in sy skaduwee aan tot by die maan?"

"A nee, a!" val Engela in. "Ons kan nooit so aanhou nie. Ons moet uitdraai en ry langes die skaduweestreep."

Loeloeraai glimlag. "Ons sal om 'n ander rede uitdraai – ons ry nou skuins om daaruit te kom. Toe ons van die aarde af weg is, was dit laaste kwartier. Ons moet die teenoorgestelde koers vat sodat ons die baan van die maan kry waar hy sal wees as ons daar aankom. Jy weet, Engela, as ons hom agterna moet ry vang ons hom nie, selfs met hierdie snelheid nie. Hy loop om 'n sirkel waarvan die aarde naastenby die senter is en die straal gemiddeld tweehonderd-en-veertigduisend myl, in iets oor die 27 dae. Dus moet sy snelheid 'n klein bietjie meer wees as ons s'n van duisend myl in die uur."

"En hoe lank sal dit ons neem om uit die skaduwee uit te kom?"

"'n Paar uur," sê Loeloeraai. "Die skaduwee het natuurlik die deursnee van die aarde – naby die agtduisend myl. Maar ons was nie in die middel daarvan nie want ons is nie middernag daar weg nie. Ek gee aan die hand dat ons nou 'n stukkie eet en dan 'n bietjie slaap – ek dink julle het dit nodig ná die opwinding. En dan beloof ek julle 'n mooi gesig."

"Hoe laat is dit, Ouman?" vra Vroutjie.

"Half-elf. Maar nou laat jy my dink – ek moenie my plig versuim nie. Ons vriende sal nuuskierig wees wat van ons geword het."

Loeloeraai maak 'n dekseltjie oop in die vloer en hy gee my 'n telefoontoestelletjie aan.

"Hello!" sê ek. "Hello! Is dit 'Die Burger' daar?"

"Ja. Maar ons is besig. Kan jy nie so vriendelik wees om ons môre op te lui nie?"

"Waarmee is julle dan so besig?"

"Waar praat jy vandaan? Van Robbeneiland? Is jy die enigste man wat nie weet van die klompie wat maan toe vertrek het nie? Hier is 'n verslag van twaalf kolomme van Oudtshoorn en daar is nog ses spesiale artikels wat moet klaar kom. Ons gaan môre al die ander koerante uitklop."

"Ek gee dan nie om om te wag tot môre toe nie," sê ek. "Sê solank groetnis vir die staf."

"Nou ja, dankie. Maar wie is dit wat praat en waarvandaan?"

"Langenhoven, uit die interplanetêre ruimte."

"Magtig man – wag, wag; moenie afsluit nie. Natuurlik is dit jy. Ek het nie eens opgelet dat dit die spesiale instrumentjie is wat gelui het nie."

"Nee," sê ek. "Wag jy nou. Wie praat daardie kant? Dit gaan nie na Dawie nie."

"Ek is van Donnerhellings hier," sê hy.

"Aikonna," sê ek. "Ek het genoeg sonde met jou op die aarde gehad. Roep die hoofredakteur en 'n betroubare snelskrywer as daar ooit ergens so 'n ding te kry is."

11. DIE AARDE VAN UIT DIE HEMEL

NADAT ek my verslag oor die telefoon afgelewer het, het Loeloeraai vir ons kos uitgehaal.

"Dis nog maar pure lekkers," sê ou Stoffel, "en dis ook goed, Loeloeraai, maar ons het honger."

"Ek vrees, Stoffel, solank as ons in die sfeer is moet ons ons maar met padkos behelp. Lenie het darem vir ons wors en biltong en ribbetjies ingesit, maar dié hou ons vir 'n spesiale lekkerny vir ons piekniek op die maan. Tog, ons het nie te veel voedsel hier nodig nie – daar is geen liggaamlike inspanning hier in die sfeer nie; selfs ons harte het min pompwerk om te doen."

"Dit sal goed wees hier vir my ouman se hartkwaal," sê Vroutjie.

"Al siekte wat die Kaapse dokters nie by my gekry het nie," sê ou Stoffel. "Hulle was bang as hulle dáár sny dan sou ander snykanse verlore gaan."

En toe het ons almal begin te eet aan Loeloeraai se lekkers: meeste geel deurskynende klontjies, joejoebes, en koekies.

"Die rondetjies is vleis," sê Loeloeraai; "die langwerpiges groente en die koekies vrugte."

"Loeloeraai," sê ou Stoffel, "ek trek my woorde terug. Woon jy in die dorp daar op Venus of op 'n plaas? Waarlikwaar jy moet my jou reseppies laat kry vir Soetlief. Dan sal ek nie meer hoef plaas toe te ry om my te gaan vól maak en Kaap toe om my te laat leeg maak nie."

"Ek is jammer dat ek nie die eer gehad het om Soetlief te ontmoet nie, Stoffel. Maar ek vrees ek sou darem nie vir haar ons kosmaakprosesse kon uitgelê het nie."

"Nog 'n stukkie vleis, asseblief, Loeloeraai," sê Engela.

"Nee, Engela, ek is jammer om onridderlik te wees, maar jy het genoeg gehad. Selfs nou sal jy nie in vier-en-twintig uur weer behoefte voel om te eet nie. Hierdie kos is in 'n uiters gekonsentreerde vorm. Jy weet ek moes genoeg saambring vir 'n sewe jaar."

Na die ete het een vir een van ons begin te gaap. En Loeloeraai het die middelgordyne ingeskuif en Vroutjie en Engela het in die een vertrek geslaap en ons ander drie in die ander. Daar was geen nodigheid vir matras, kussing of kombers nie – die een het onderstebo gehang, die ander met sy arms uitgestrek, die derde weer op 'n ander onnatuurlike manier – almal los in die lug swewende; ja, op die lug slapende soos geen sagte rusplek op die aarde ooit sag is nie.

Dit was vir my of ek nog skaars aan die slaap was toe hoor ek Loeloeraai roep. "Opstaan, vriende. Julle het nou twaalf uur lank geslaap en as julle my die aanmerking sal vergewe – ek reken dis genoeg."

Toe ek my oë oopmaak, kyk ek eenkant deur die venster in die donker nag van skitterende sterre in. Maar die elektriese lig was afgeslaan en binne was helder daglig. Aan die ander kant was swart gordyne voor die venster waardeur ek die sonlig sien sypel.

Loeloeraai volg my blik. "Ek moet daardie gordyne toehou," sê hy. "Die son is hier in die luglose ruimte verblindend."

"My goeie genugtig," sê ou Stoffel, "dag en nag gelyk! Eén kant skitter die sterre in die inkswarte nag en anderkant moet jy die sonnestrale met swart gordyne weghou om jou nie te verblind nie!"

"Natuurlik," sê Loeloeraai. "As julle aarde hol was en julle kon van binnekant af ook weerskante toe uitkyk sou julle ook altyd eenkant nag hê en die ander kant dag. In die sterreruim is daar nooit nag nie, want dis altyd dag; en nooit dag nie, want dis altyd nag. Dis maar ons ronddraaiende bolletjies wat vir ons verplig maak, solank as hulle ons aan hulle vasgeketting kan hou, om dag of nag te neem soos ons dit kry. Hier kan ons kies watter van die twee ons begeer."

"Wêreld," sê Engela, "hoe heerlik! Watter miljoenêrs het nog ooit so 'n voorreg gehad as ons! – Dit is vir jou 'n manier om 'n plesieruitstappie te doen."

"Juis, Engela," sê Loeloeraai ernstig. "As ek die geheim van hierdie sfeer aan die aarde sou bekend maak, sien jy die weelde en slawerny waarvoor hy sou gebruik word? Stem nou met my saam – die harte van die aardbewoners is nog nie vér genoeg ontwikkel om grote mag tot beskikking van hulle breine te plaas nie."

"Is die eter waarin ons sfeer sweef nie wonderlik nie, Vroutjie? Hyself is donker en koud – donker soos die uiterste van die nooit-gewese niks, koud tot op die graad van absolute nul. En so gou as ons hier is, word ons verwarm en verlig deur strale wat oor die feitlik oneindige afstande deur die donker en deur die koue met bliksemsnelheid gedra word."

"Jy is werklik opgenome, Ouman. In al die jare wat ons getroud is, is dit die eerste maal wat jy wakker geword het en jou koffie vergeet het."

"Vroutjie, noudat jy praat, en met alle eerbied vir Loeloeraai se heerlike voorsiening – 'n koppie koffie sou nou darem lekker gesmaak het."

Vroutjie glimlag. "Ek en Loeloeraai het vir 'n verrassing vir jou gesorg, Ouman."

En toe haal Loeloeraai 'n koffietrommel te voorskyn. Een kant uit 'n kraan tap hy kookwater. "Sal jy die koffie maak, Kerneels? Dis mos jou werk by die huis."

"Waarin?" vra ek.

Loeloeraai gee my 'n beker. Hy kan ook 'n grappie maak. Toe ek die water daar wil ingooi trek die water sommer alle koerse heen.

"Magtig man," sê ou Stoffel, "is jy 'n Kaapse dokter? Jy sal ons blare brand. Is dit jou deskundige koffiemakery?"

Natuurlik moes ons 'n toe-ding hê, en uit toe-bottels moes ons drink ook, nes babetjies. Die vloeistof was net so min aan die swaartekrag onderhewig as ons.

"En nou," sê Loeloeraai, nadat die teegoed weggesit was, "sal ek Stoffel die aarde wys – of soveel daarvan as hiervandaan sigbaar is, want ons is nog baie naby. Hy wou hom mos van 'n distansie af sien om sy gedaante en sy bewegings te kan beoordeel."

En Loeloeraai trek 'n gordyn voor een van die vensters weg, skuins van die sonkant af. "Mensekinders," sê hy, "daar is julle aarde!"

Toe ek uitkyk was dit asof ek 'n slag kry wat my byna flou slaan, 'n Drukking kom in my keel, my polse slaan soos hamerhoue; en gelukkig toe bars die trane uit my oë om my oorstelpende aandoening te verlig. Onwillekeurig gryp ek en Vroutjie en Engela mekaar se hande en ons druk mekaar soos in 'n skroef.

Oor tweederdes van die sigbare hemel aan daardie uitkyk-kant, en omring van vonkelende sterre, lê 'n goudblink sekel uitgesprei. Tussen sy twee horings in was 'n ronde duisternis – net soos by die agste maan, soos 'n eikel in sy steeldoppie. Ons kon maar die omtrek van die donker deel sien aan die vaste lyn waar die omringende gesterntes weer begin.

En op die blink sekel 'n bekende stuk van die landkaart: Japan, Oos-Asië, die Maleise Argipel en die helfte van Australië. Naby die uiteinde wat oor Australië strek, is daar 'n intens witskitterende deel, die pool van die suidelike somer.

"Jy moet geduld gebruik, Stoffel," sê Loeloeraai, "om hom te sien draai. Jy weet hy draai maar helfte so vinnig in die rondte as die uurwyster van 'n oorlosie, want hy neem vier-en-twintig uur om die sirkel óm te loop: hoewel 'n aardbewoner onder die ewenagslyn deur daardie omwentelingsbeweging alleen al vinniger ry as ons, want hy moet 25 duisend myl omloop in die 24 uur. Maar hou nou die blink sekel fyn dop. Oor 'n rukkie sal jy sien dat nuwe eilande en kuslyne aan die binnekant te voorskyn kom, en van die ander raak langsamerhand oor die buiterand weg. Gelukkig is dit daar skoon van wolke. Daar in Asië, in die weste van Sjina, kom die son vir die mense op. Oor 'n rukkie sal ons die toppe van die Himalajagebergte soos ligstippeltjies uit die duisternis sien oprys."

Ons kon nie gesels nie. Daar was ons ou aarde – 'n hemelliggaam, groter, groter as enigeen wat ons ooit daarvandaan gesien het. En hier deur 'n venstertjie van 'n nietige reisvertrek, verlore in die afgronde van die ruimte, sien ons die môre sy weg vervolg na die weste, van berg tot berg, oor die seë en vastelande.

"Gee my jou hand, Loeloeraai," sê ou Stoffel. "Ek hoef nie meer te glo nie, ek weet."

"Wanneer sal Suid-Afrika sigbaar wees, Loeloeraai?" vra Engela.

"Oor 'n uur of ses, Engela. Suid-Afrika lê nou byna in die middel van die donker deel van die bol. Maar terwyl ons kyk kom die daeraad nader, oor Asië en die Indiese Oseaan. Al julle mense in julle land slaap nou – waar daar nie pyn of liefde is om hulle wakker te hou nie. Want julle waak waar die dood aankom; en julle waak waar die lewe aankom."

Toe lui ons telefoonklokkie. "A," sê ek, "die mense is nog wakker by 'Die Burger'."

"Hello, hello – is dit Neelsie daar?"

"Ja, en jy?"

"Nag-editeur. Voor ek jou verslag afneem, Neelsie – hier is baie belangrike nuus uit Europa. Die Britse Parlement..."

"Wag," sê ek, "ek moet eers hier raadpleeg. Vroutjie en oom Stoffel en Engela – Loeloeraai hoef ek nie te vra nie – hulle het daar nuus by 'Die Burger'. Is julle nuuskierig? Die Britse parlement..."

"Beteken hier niks," val oom Stoffel my in die rede. "Ek sal in Suid-Afrika weer 'n Sap wees eendag. Kyk daar sit hulle jou wragtig op daardie ou rondtollende balletjie en dan dink hulle hulle besluitjies sal ons hier interesseer."

"En tog, Stoffel," sê Vroutjie, "kyk watter heerlike woonplek is ons ou aarde nie en die inwoners roei mekaar uit. Daardie besluite, wat hulle ook is, beteken seker oorlog ergens."

"Nou ja, Mamma," sê Engela, "almiskie en al honderd-en-tien, ons kan daar niks aan doen nie."

Toe praat ek weer deur die telefoon. "Nee, dankie," sê ek, "ons wil nie weet wat daar op julle ou miershopie plaasvind nie. Laat weet met ons komplimente die mense moet mekaar maar daar in Europa uitdelg. Oom Stoffel sê self, hy draai nie hier om om geen stuk oorlog te gaan deur sien nie. Bring maar die snelskrywer en vat my verslag."

"Neelsie," hoor ek weer, "moet ek private telegramme ook maar hou tot jy kom?"

"Wat sê julle?" praat ek weer binnekanttoe; "sal ons maar van die oorlas van persoonlike boodskappe ontslae bly!"

"Van wie kom dit?" vra Vroutjie en Engela gelyk.

Toe praat ek weer deur die telefoon, en nadat ek die informasie had, met my omgewing. " 'Die Burger' sê ou Watwo telegrafeer om te vra waar ons geval het. Ek het hulle gesê om hom te antwoord: 'Geval het? Watwo.' En dan is daar 'n telegram van die burgemeester van Oudtshoorn. Hy kla dat Herrie in die dorpsloot gaan lê en rol het en dit stukkend gedam het en hy dreig om hom skut toe te stuur. Ek het laat antwoord hulle moet die tarief klaarhê by die tyd as ek terugkom en ek wil nie aanspreeklik gehou word vir ander skutgoed wat verongeluk nie. Verder is daar 'n telegram..."

"Ag wat, Pappa, sê vir hulle ons kan nie sulke dinge hiervandaan regmaak nie. En ons wil ook nie daarmee belol word nie. Hulle moet maar hulle griewe en klagtes oorhou tot ons terug is..."

"'n Verdere telegram," gaan ek voort, "van Willem. Ek sal dan maar stilbly."

Toe kom Engela deur die lug aangesweef en sy skud my en sy ruk die telefoon uit my hande uit.

"Hy stuur groetnis aan Pappa en Mamma," sê sy "en hy sê hy moet oor noodsaaklike besigheid Kaap toe kom ander week."

"Sê hy hoef nie 'Burger' toe te kom nie, my kind. Hy moet maar sy klagtes en griewe oorhou tot ons terug is."

Toe Engela my die instrument teruggegee het, had ou Stoffel 'n kommissie. "Sê hulle moet tog asseblief aan Soetlief telegrafeer ek is perdfris en ek stuur liefdegroete en die vervlakste Engelse het gelyk: die aarde is rond en hy draai en sy moet vir Adoons sê hy laat nie my vleiland versuip van luiigheid nie en as ou Galbroek Hawerhaas daar kom steek hy hom onder die klippe en hy laat Steekbaard sy laaste draad van sy broek afskeur."

Nadat ek my verslag klaar gedikteer het en nadat ons verder gesels het, kyk ons weer uit.

"Alla wêreld," sê ek, "die tyd gaan hier gou om. Kyk daar is Madagaskar en Arabië, en die hoekland daar by die Persiese Golf..."

"Afrika, Pappa," skree Engela.

"Ja, my kind, ons eie land – maar nog die verre oostelikste punt daarvan."

En toe word ons ongeduldig. "Dit lyk vir my hulle het nou briek aangedraai," sê ou Stoffel.

Maar eindelik dan darem tog – dit moet die Drakensberge wees... En kyk, daardie strepie stippels wat uit die skaduwees begin uit te kyk en oos en wes loop. "Vroutjie, Vroutjie – dis die kruine van die Swartberge en die witste kol is Toorkop. Die son kom op op Oudtshoorn!"

"Ek hoor die toringklok lui," sê Vroutjie. "En ek sien my ouman met die koppie koffie en met Jakhals die kamerdeur inkom."

Ek kyk na Loeloeraai. Hy vee 'n traan uit sy oë.

"Ek deel julle gevoelens, vriende. Kyk daar by die rand van die aarde verby – daardie blinkste van al die sterre. Ook op my tuisplekkie skyn die son."

12. DIE AFGRONDE IN

EN SO het Afrika gekom en deur die lig verby gedraai tot om die rand, en vervolgens die Atlantiese Oseaan, Amerika, die Stille Oseaan en, vier-en-twintig uur ná ons eerste waarneming, weer Oos-Asië en Australië. Soos 'n ontsaglike skildery is die aarde vir ons om en om gedraai totdat alle kante onder ons oog gekom het. En as ons geneig sou gewees het om die aardrykskunde te vergeet – die les is maar oor en oor herhaal.

Maar die ligte kressent het hoe langer hoe kleiner geword en die donker rondte tussen die horings het al minder en minder van die omringende sterre verberg. Ook het die ligte rand betreklik smaller en smaller geword. Dag vir dag – soos die aarde as 'n groot uurwerk vir ons die dae sekuur afgemeet het, want waar ons was, was mos geen afwisseling van dag en nag nie – het ek my verslae teruggestuur na die aardbewoners vir wie ons 'n weggeraakte, verlore stippeltjie was ergens in die onmeetlike ruimte sodat hulle maar die stem hoor et praeterea nihil.

Die eerste dae was die maan waar ons bestemming heen was nergens te sien nie.

"Maar hoe is dit dan moontlik, Loeloeraai?" vra Engela. "Ons sien die laaste hemelliggaam soos ons hulle nog nooit vantevore gesien het nie, en die een waarheen ons op weg is, is verdwyn."

"Die aarde is nog tussenin, Engela," was sy antwoord. "Ons ry mos soos ek gesê het byna na die teenoorgestelde koers van sy baan om gelyktydig met hom daar aan te kom. Maar dit sal nie nou lank duur voor hy agter die aarde uit te voorskyn kom nie."

"Maar ek wil hê ons moet die hele aarde verlig sien, Loeloeraai – nie net daardie afknipsel van 'n vingernael nie. En dié word al smaller en smaller."

"Hy sal nog heeltemal verdwyn," sê Loeloeraai, "wanneer ons by die maan kom. Julle ou aarde sal vir julle 'n onsigbare donkere bol wees, ergens tussen die sterre verlore."

"En dan sal ons hom glad nie van die maan af sien nie?"

"O ja, maar ons sal moet wag. Wanneer dit vir die aarde volle maan is, is dit noodwendig vir die maan nuwe aarde en omge-keerd. Ons kon nie albei gelyk kry nie. Ons reisplan is opsetlik so ingerig om met volle maan aan te kom. Verbeel jou twee mense wat agter mekaar staan met hulle gesig na 'n lamp. Ons is nes vlieë – buiten nie so groot nie – wat op die agterste een se gesig gaan sit en die voorste se donker agterkop sien. Op die oomblik is ons eenkant skuins, daarom sien ons 'n strokie van sy verligte gesig – 'n stukkie wang."

"Nou ja, en hoe sien ons hom dan ooit vol?"

"Die agterste man draai in 27 dae om die voorste, maar hy hou altyd sy gesig na hom toe. Dus oor veertien dae is dit die agterste wat tussen die ander en die lamp kom. Dan is sy gesig weer in die donker maar hy sien sy maat se gesig ten volle verlig. Ons moet maar net veertien dae op die maan bly, dan sal dit nuwe maan en volle aarde wees."

"Nou dink ek daaroor," sê Vroutjie, "dat die maan altyd dieself-de kant vir ons wys."

"Ja, Vroutjie," sê ek, begaan om te laat sien dat ek darem ook iets weet, "geen mensekind het nog ooit die ander halfrond van die maan gesien nie. Hy draai om homself in presies dieselfde tyd wat hy neem om die aarde om te loop. So 'n reëling kan natuurlik nie toeval wees nie. En dit is ook nie. Toe daar nog seewaters op die maan was, of toe hyself nog in 'n gesmelte vloeibare toestand was, het die getye hom gebriek en sy omwenteling vertraag totdat hy in verhouding tot die aarde tot stilstand gekom het. So word die aarde nog altyd gedurig gebriek en sy dae word langer en langer totdat daar 'n tyd sal kom, as sy oseane nie eerder deur die koud word van die son bevries nie, wanneer sy dag ook 27 dae lank sal wees. Dan sal aarde en maan in verhouding tot mekaar stilstaan asof hulle met 'n ysterband aanmekaar gekoppel was. Maar oor daardie uiteindelike afloop van ons oorlosie hoef ons ons nie te bekommer nie – teen daardie lengte van tye is ons menslike geskiedenis 'n verbyvliegende oomblikkie."

"Neels," sê oom Stoffel, "jy praat van toe daar nog water op die maan was. Hoe is dit dan nou?"

"Nou is daar geen water nie en geen lug nie. Daar is nooit 'n wolkie, nooit 'n windjie nie; jy kan 'n kanon daar afskiet, jy sal nie die minste geluidjie hoor nie. Al wat op die maan voorval, is die afwisseling tussen die bloedige sonnehitte en verblindende sonnelig, en die doodse duisternis met die koue van die ruimte."

"En wat sal ons dan daar maak?" vra ou Stoffel. "Hoe sal ons dit daar hou?"

"Soos ons dit hier hou, Stoffel," sê Loeloeraai. "Ons het mos ons lug en water saamgeneem. As dit al is, klim ons maar nie uit die sfeer uit nie."

"Foei tog," sê Engela, "maar dit sal jammer wees. Dan sal ons nie as ons weer op die aarde terug is kan sê ons het ons voet op die maan gesit nie."

"Nee, Engela," sê Loeloeraai, "ek terg maar. Hoe maak duikers onder die seewater? Hulle steek hulle kop in 'n helm met pype waardeur hulle van lug voorsien word. Ek het die toestelle. Maar ons sal sien of hulle nodig is. Intussen, sien julle die ligskynsel om die donker rand van die aarde? Die maan is aan 't opkom vir ons."

En oor nog 'n paar uur kom 'n skitterende blink snytjie te voorskyn. Maar hy het lank geneem – dit was nie hierdie slag die aarde se vinnige draai wat hom oor die gesigseinder laat oprys nie maar sy eie stadige loop.

"O my tyd, Loeloeraai," sê Engela, "en waarom is hy dan nou so klein?"

"Die aarde is na verhouding baie groot, Engela. Buitendien is ons 'n hele entjie verder van die maan af nou as wat ons op die aarde van hom af was."

"Snaakse reismaniere hierdie," sê ou Stoffel, "'n Mens ry weg van die ding af wat hy soek."

"Ons is verder en baie nader," sê Loeloeraai. "Ons is oor half-pad."

En daarvandaan het die maan al groter gegroei en voller en voller geword, en nader getrek na die koers toe waar ons na die Desemberbeeld van die diereriem heenpeil. En die aarde het kleiner en kleiner geword en sy ligte kressent dunner en dunner tot daar net eenkant 'n ligte randjie oorbly. Toe dié ook wegraak, was die maan so te sê vol en ons kon hom by die uur sien groei tot hy byna aan die eenkant die volle hemel bedek.

Wat 'n woeste, afskrikkende toneel! Almal kringe van berge wat ronde gate vorm met 'n piek wat in die middel regop staan. Nie 'n teken van boom of bos, rivier of waterplas nie.

"Dit lyk nes 'n heuningkoek," sê Engela.

"Almal uitgedoofde vuurspuwende berge se kraters," sê ek. "Is dit nie ontsaglike hoë berge nie?"

"En kyk die swart inkvlekke," sê Engela.

"Dis die skaduwees, my kind. Daar is geen lug om die lig te breek en te sprei nie. Op die maan kan jy heen en weer uit die dag in die nag in loop."

"En nou sien ek daardie netwerk van strepe wat ons van vér af al opgemerk het is almal ontsaglike barste," sê ou Stoffel.

"Nes 'n bol modder wat hard geword het," sê Engela.

"Ja," sê Loeloeraai, "en die barste het oopgegaan nadat die vul-kane opgehou het om te werk. Want hulle loop dwarsdeur die kraters en die pieke in die middel en die omringende berge."

Toe vat ek die telefoon.

"Hello, hello... word tog eenmaal wakker daar op 'Die Burger' julle, al is julle aan die ander kant van die aarde sodat ons met maan en al vir julle onder is. Hello..."

"Ja."

"Neelsie hier. Môre Dawie. Ek hoop jy gedra jou nog, al is jy onder my oë uit. Skryf op, jong.

"Is jy klaar? Nou ja. Ons is aan't afdaal op die maan. Treurige dooi wêreld hierdie. Die Sahara is 'n paradys by hom. Pure ronde krale van ontsaglike rotsgebergtes met kranse wat duisende voet loodregaf val. Ons sak af in een van die krale. Loeloeraai peil na 'n afgrond toe wat daar van ver af na 'n barsie gelyk het. Dit loop met swaaie en kinkels en plekke is dit so swart soos pik. Maar hier waar ons wil afsak, skyn die son reg van bo in die diepte in. Nou gaan ons in die bars af. Maar Loeloeraai het 'n volkome beheer oor ons vaartuig. Ons sak soos 'n donsie. Ken jy vir Meiringspoort? Dis net so 'n kloof hier maar honderdmaal dieper. En die kranse is kaal – dorre rotse met nie 'n groene blaartjie nie. En waar die skaduwees val is daar swart vlekke soos gate van die donkerste nag waar jy inkyk...

"Toe nou maar, dit hou eners aan. As daar 'n verandering kom, sal ek jou weer oplui. Dag, Dawie."

13. AFGESONDERDE LEWE

"PAPPA, Pappa," sê Engela en sy skud my, "kyk, daar begin groenigheid aan die kranse te wys!"

En werklik hier en daar sien ons mos op die gesig van die rotse. Ons sak nog maar al die tyd stadig. Die groen word al weelderiger en toe sien ons hier en daar watertjies drup en een plek by 'n draai om steek 'n takkie van 'n klimop uit.

"Hsjt!" sê Loeloeraai, "luister daar."

Dof van buite af hoor ons 'n gedreun nes van die see in die verte.

"Wat beteken dit?" vra ou Stoffel.

"Dit moet 'n waterval wees, Oom."

"Ja, reg so," sê Loeloeraai. "Maar dit beteken vir ons meer as net dit. Dat ons die geluid kan hoor beteken dat daar lug is. Ons is 'n honderd myl onder die oppervlakte van die maan. Die lug wat buite so dun is dat hy onbespeurbaar is, lê hier al baie lae op mekaar. Ons sal kan uitklim, Engela."

"As die bars maar so vriendelik wil wees om peilregaf aan te hou," sê ek, "sodat die son tot onder kan skyn."

"Ons kan lig genoeg maak as dit nodig word," sê Loeloeraai. "En hier word dit ook nodig."

Meteens swaai die kloof skuinsweg. Loeloeraai slaan die elektriese lig aan. Agter ons was weldra die skynsel van bo af weg;

voor ons in die diepte stikdonker nag. Die plantegroei had opgehou. Want hier kon nooit sonlig kom nie. Maar oral, soos die lig weerskante teen die kranse skyn, sien ons watertjies tap, tap, tap en een plek 'n hele straaltjie wat soos diamante voor ons venster blink en dan verbytrek boontoe met ons afdaal.

"Hoe ver gaan jy, Loeloeraai?" vra ou Stoffel.

"Tot ons ergens uitkom – al was dit ook anderkant uit. Ons kan mos altyd dieselfde pad teruggaan. Ek sou sê ons kon 'n bietjie uitklim om weer vastigheid onder ons voete te voel, maar die kranse bly gelyk-af. Aha, hier loop ons bars toe."

Onder ons loop die kante nouer en nouer tot daar geen plek is vir die sfeer om verder te gaan nie.

"En nou?"

"Omdraai. Wat help dit om hier te vertoef?"

Op, op, op. En toe gril ons. Die kranse loop weer toe bokant ons. Met die styg moet ons 'n verkeerde sybarsie gevat het wat nie uitloop tot bo nie.

Weer af en weer op, dan hierdie hoek om, dan daardie – maar elke slag moet ons onder omdraai en dan moet ons weer bo omdraai.

Die volgende oggend kom "Die Burger" uit met die volgende berig: "Neelsie telefoneer dat die reisgeselskap in die doolgange van die maan verdwaal geraak het. Die sfeer trek al ure lank op en af en heen en weer, en miskien, wie weet, kry hulle nog 'n ope pad terug. Maar ons vrees daar is meer kans dat hulle verder en verder in die binnemaanse labirinte verdoold raak. In alle geval, hulle bly in kommunikasie met ons en alle berigte wat aankom sal onmiddellik deur spesiale uitgawes aan ons lesers meegedeel word."

En redding was daar nergens nie. Ons was van alle hulp van ons medemense afgesny deur tweehonderd-en-veertig-duisend myl van 'n onbrugbare afgrond.

"Ons het tyd om te soek, vriende," sê Loeloeraai. "Op die allerergste het ons kos en water en lig genoeg tot daar redding kan opdaag. Net, as ons daarna moet wag, is ek baie jammer dat ek julle hierheen gebring het. Dit sal vervelig wees."

"Waar kan die hulp vandaan kom, Loeloeraai?"

"Van Venus af. Ons is mos altyd in verbinding met hulle. Maar dit sal op die beste, teen waar Venus nou op sy baan loop, 'n vier en 'n halfjaar duur voor die ondersoektog op die maan kan aanland. Maar ons is nou lank aan die gang. Laat ons 'n stukkie eet en dan slaap."

"Vriende," sê Loeloeraai, "ontwaak, ontwaak. Julle het byna vier-en-twintig uur aaneen geslaap."

"O, Loeloeraai!" sê Engela, "jy het ons uit die donker doolhof in 'n hemel ingebring."

Die sfeer het op die sand tot rus gekom aan die oewer van 'n meer waarin 'n entjie van ons af 'n kabbelende bekie tussen varings en blomme deur afrol om hom te ontlas. Statige bome groei in die rond; tussen hulle rys suile van stalagtiete wat in die hoogte verlore raak. Festoene van blomme is om hulle gevleg. Oor die toneel lê 'n sagte lig versprei; en van alle kante kom die geruis van vallende waters.

"Dis veilig om uit te klim," sê Loeloeraai. "Sien julle die voëls oor die meer rondvlieg? Daar moet genoeg lug wees."

En hy draai die skyf oop; hy spring uit en hy help ons een vir een uit.

"Geluk, vriende," sê hy. "Julle is die eerste mense om die bodem van die maan te betree."

"Die maan?" vra Engela. "Het ons deurgegaan onderkant uit? En hoe het jy die pad gekry?"

"Nee, Engela; ons is nog altyd binne in die maan in 'n ontsaglike grot. Ek het gesoek so lank as julle geslaap het."

"Ai, maar 'n mens beweeg jou hier maklik," sê Engela. En sy spring, en sy spring 'n twintig voet in die lug op en dertig voet ver.

"Ja, natuurlik," sê Loeloeraai. "Op die oppervlakte van die maan is die swaartekrag maar 'n sesde van wat hy op die aarde is;

in die middel is hy natuurlik nul – en ons is halfpad tot daar. Ons is 'n vyfhonderd myl diep."

"En waar kom die lig vandaan?" vra ou Stoffel.

"Dit moet gloeiende radium wees," sê ek, "of een of ander elektriese verskynsel. Wat sê jy, Loeloeraai?"

"Verskoon my tog, my vriend Neelsie. Jy weet dat ek nie wetenskap gesels nie buiten die dinge wat jy net so goed weet as ek. Tussen hakies – is jy 'n plantkundige en dierkundige? Hier is snaakse lewensvorms wat jy kan beskryf. Dit sal die aardse geleerdes baie interesseer."

"Nee, Loeloeraai. Op skool het hulle my woorde geleer in plaas van feite. Waarom het ons tog nie gesorg om 'n natuurkundige saam te bring nie?"

"Omdat daar nie vir nog 'n passasier plek was nie, Pappa. En omdat ons vir 'n vakansie gekom het en nie om ons hier met geleerdheid te laat belol nie. Kom ons loop rondom die meer. Net waar 'n mens kyk, net waar jy 'n hoekie omkom of 'n nuwe klofie inkyk, sien jy weer 'n ander skoonheid. Is dit nie 'n toorland nie? Ons kon gerus maar hier gebly het..."

"Ons kon, ja," sê ou Stoffel skelmpies, "as ek Soetlief nie op die aarde agtergelaat het nie."

"Nee, Engela," sê Loeloeraai, "ons moenie te ver van die sfeer af gaan nie. Daar kan gevaar wees."

"Watter gevaar dan, Loeloeraai? Roofdiere?"

"Roofdiere sou nie groot saak maak nie, Engela. Maar vir al wat ons weet kan daar mense wees, of 'n ander vorm van redelike wesens. En as hulle miskien vyandig teen ons optree, sou ek hulle nie graag leed aandoen nie. Ons is oortreders hier – ons het nie reg om te kom verniel of om die bewoners kwalik te neem as hulle nie met ons teenwoordigheid gedien is nie."

"Hier sal nie mense wees nie," sê ou Stoffel.

"Wag, Lenie," sê ou Stoffel; "gee tog vir my die vurk aan en bly jy doodstil sit. Ek sal die vleis omdraai. Hierdie maanse brandhout maak darem gawe kole. Enige dag net so goed soos Karoo-pruim."

Ons sit almal tussen die varings aan die voet van 'n pilaar op die wal van 'n borrelende waterstroom wat met sy pêrels wedywer teen die diamante wat van die klip in duisende ligstippels glinster. 'n Hier ewig onbekende wasem van soutribbetjie meng met die geur van die blomme. Eén kant op die vuur staan ons keteltjie. Heeltemal 'n huislike toneeltjie. Solank as die kos aan die gaar word was, het ek aarde toe gesels.

Ek sit die telefoon neer met 'n sug.

"Wat wil 'Die Burger' nou weer hê?" vra ou Stoffel.

"Oom, hulle sê hulle is toegegooi van telegramme uit die ganse geleerde wêreld. Dieretuine, museums, wetenskaplike genoot-skappe, universiteite..."

"Kranksinnige gestigte," vul Engela aan...

"Stil Engela, almiskie... almal wil hê ons moet noukeurige en volledige aantekenings en beskrywings maak van die dierelewe en plantelewe en die geologiese formasies en ek weet nie wat nog alles sien. Sien Oom nou kans om daardie groen voël te beskryf wat daar op Vroutjie se skouer kom sit het, of die goudglansende skoenlapper met vlerke van twee voet lank wat daar op die wawiel-blom gaan sit? Hoe lank het dit al die geleerde mense op aarde se verenigde inspanning gekos voordat hulle tot rangskikking van plante en diere gevorder het? Moet ons wat ongeleerd is in 'n paar weke al hierdie lewensvorme klassifiseer? En sonder klassifikasie, hoe maak 'n mens 'n beskrywing?"

"Neelsie," sê oom Stoffel, "my grote ontsag wat ek vir jou ge-leerdheid gehad het begin te verminder, 'n Takhaar soos ek – nou ja, hy's 'n takhaar. Jy verwag niks van hom nie buiten gesonde verstand. Maar jy is nou die eerste geleerde man om hier op die maan aan te land – en soos dit vir my lyk die laaste. En jy kan nie eens die rente op jou verpligting aansuiwer – om nie van die kapitaal te praat nie. Wat sal jou kollegas sê as jy op die aarde terugkom sonder rekenskap?"

"Oom Stoffel, hulle sal ons almal uitmekaar skeur. Maar dit help nou eenmaal niks. Ons is nes 'n klomp doofstom mense op 'n konsert, wat gevra word om die musiek te beskrywe.

"Oom Stoffel, jy het die opmerking gemaak dat daar nie mense hier kan wees nie omdat ons nie bouwerke of paaie hier sien nie. As hier ook redelike wesens was – of is – dan sou hulle geen wonings nodig hê lyk dit nie. Hier in die grot kan daar geen wind of reën kom nie..."

Engela val my in die rede. "Pappa, en waar kom die waterstrome dan vandaan?"

"Engela, ek dog dan jy wil nie ons verblyf hier bederwe met natuurwetenskap nie? En ek dink jy het gelyk. Maar om te vervat – het jy opgelet, oom Stoffel, dat ons nog al die tyd nie een lopende of kruipende dier hier gesien het nie? Al wat ons aangetref het, vlieg. En vlie is ook die hoogste vorm van beweging. Maar op groter liggame soos die aarde..."

"Wat van Venus, Loeloeraai?" vra Engela...

"Ag, Engela, tog!" sê Vroutjie.

"Op groter liggame," gaan ek voort, "kan die vermoë om te vlie nie hoog ontwikkel nie. Deur die hewige swaartekrag wat oorwin moet word, kan alleen klein diertjies vlieg – nie volstruise byvoorbeeld nie. En dan geskied dit teen so 'n hoë prys van fisiologiese energie dat ontwikkeling in ander rigtings gestrem word. Maar hier op die maan het Engela ons gewys dat sy al byna kan vlie sonder vlerke."

"Ja, Pappa, en kyk hoe ver ek gister nie geswem het nie – seker 'n vier myl en ek het niks moeg geword nie."

"Sy het in die Kaap 'n paar swemlesse geneem, Loeloeraai," sê Vroutjie met 'n glimlag.

"En toe drie tree op haar rug kon vorder," sê ek.

"Meisiemense behoort glad nie toegelaat te word om te swem nie," sê ou Stoffel. "As hulle swem, swem hulle nooit alleen nie."

"En as ons met julle saamswem, swem julle ook nie alleen nie," sê sy.

"Juistement," antwoord ou Stoffel. "Dis my klagte. Maar ons was besig om te gesels toe ons in die rede geval is."

"Wat daar te sê is, Stoffel," kom Loeloeraai tussenin, "kan nie veel werd wees nie. Ons mense van Venus het verleer om te raai. Maar om nou darem ons verbeelding hier te laat werk waar ons inligting kortkom – Kerneels wou opgemerk het dat mense hier op die maan, of in die maan, maar klein vlerkies sou nodig hê. En as hulle dit had, sou hulle nie paaie trap op die grond nie. Regtigwaar, Lenie, maar die ribbetjies ruik darem heerlik. Ná al die generasies van sintetiese voedsel op Venus – ja, Engela, daardie vleistablette wat ek vir julle voorsit, is skone bedrog – kom my roofdierlike oer-instinkte nog maar boontoe."

"Swart koffie, mense," sê ek. "Dis tog kos die. Moenie suiker of melk bygooi nie, Vroutjie."

En toe eet ons maar. Daar was nie so iets as gesels by so 'n maaltyd nie. Toe ons klaar was en die gereedskap gewas en weer weggepak, vervat Loeloeraai die gesprek.

"Ek voel skaam," sê hy. "Hier op die onbeduidende ou maantjie verteenwoordig ons nou die hoëre moederwêrelde. Ons kom hier as meerderes. En wat het ons gedoen? Heiligskennis gepleeg. Ons is niks beter nie as vandale, slange in die paradys."

"Wat het ons dan verkeerd gedoen, Loeloeraai?"

"Ons het hier gekom nes die wilde kannibale wat Robinson Crusoe se eiland besoek het." (Loeloeraai het verbasend baie gelees in die tydjie wat hy daarvoor had.) "Dit lyk my baie hier is vandag in die geskiedenis van die maan die eerste vleis wat van 'n lewende, besielde organisme kom, verslind."

"Waarvan leef al hierdie diere, reken jy, Loeloeraai?"

"Van die groenigheid. Van blare en vrugte en die suiker van die blomme. Daar is geen roofdier en geen prooi hier nie."

"Waaruit lei jy dit dan af, Loeloeraai?"

"Het jy opgemerk, Kerneels, dat geen lewende ding ons hier ontvlug nie? Die voëls en die insekte kom op ons skouers en op ons knieë sit. Kyk hoe geniet daar die dingetjie wat ek maar 'n papegaai sal noem, Engela se liefkosing. Ons het nog nie 'n lewende ding hier aangetref wat van vrees weet nie. En op die aarde? Julle sal dit honderdmaal beter opgemerk het as ek. Wanneer jy 'n dier op sy gelukkigste sien – die bokkie wat 'n nuwe weelderige weiplek aangetref het, die duifie wat vir sy maat so soet en liefies koekroekoe: almal van hulle is altyd aan't rondkyk of daar nie 'n vyand nader nie. Die aarde word geregeer onder 'n wrede skrikbewind. En die grootste roofdier van almal is die hoogste van almal – die mens."

"Loeloeraai," sê Vroutjie, "jy laat ons baie klein voel."

"Nee, Lenie." En hy sit sy hand op hare soos 'n ou man met 'n kind sou doen. "Daar is 'n onverbiddelike prys vir al wat verwerf word; daar is tolgeld op die pad na elke bestemming; daar is 'n opdraand na elke hoogte. Kerneels en Stoffel het hier geredeneer of daar menslike of vernuftige wesens hier kan wees. Hoe kan dit wees? Die paradys moes sy boom van die dood hê en sy boom van die lewe. Die prys van ontwikkeling is oneindige pyn en lyding."

"Dis vreeslik, Loeloeraai," sê ek. "Dan is daar maar twee weë? Geluk sonder vooruitgang of adel ten koste van ellende? 'n Paradys vir diere, 'n Golgota vir geeste?"

"Daar is twee paradyse, Kerneels. Daar is nog die één voor: die één wat jou eie is, wat jy waardeer omdat jy hom verdien het."

"Maar selfs hier, Loeloeraai – hoe kan hierdie lewenstaat bestendig wees sonder stryd en dood? Nie alleen moet hierdie plantetende diere so vermenigvuldig, as hulle nie roofvyande het, dat hulle die plantelewe totaal sal verdelg nie, maar hulle wedywer teen mekaar sal hulle tot onderlinge vyande maak."

"Miskien het hulle tot die punt ontwikkel waar alleen die onsterflikes oorgebly het en die voortplanting opgehou het. In alle geval het ons hier die uiteindelike langslewendes van 'n sterwende wêreld. Die lewe het gekrimp soos die lewensgeleenthede gekrimp het. Water en lug en warmte en lewe is teruggetrek tot in die ingewande van 'n liggaam wat van buite dood is. En nog gedurig word die oorblyfsel van lewenshulpbronne minder en minder. Die atome van water en lug raak nog gestadig weg deurdat die swaartekrag nie genoeg is om hulle te hou nie. Ons het hier gekom op die laaste stadium voor die uiteindelike ondergang."

"En al die lewe gedoem tot vernietiging! Is dit dan maar onvermydelik? Is daar geen uitweg nie? Loop elke paadjie dan maar dood? Is daar geen redding nie?"

"Geen redding nie, Kerneels? Nie vir die slawe van die paradys nie! Maar daar is onbeperkte moontlikhede van heerskappy. Ons begin nog maar ons mensetroon te bestyg – en hier sit ons, bewoners van ander planete – op die maan. Jupiter is jonk – nog nie bewoonbaar nie. Maar hy is aan't koud word soos die aarde en Venus koud geword het... Vergeef my, Lenie en Engela. Ek moenie my gaste se piekniek met wysbegeerte bederwe nie."

"Nee, nee, Loeloeraai. Gaan tog voort," sê Vroutjie.

"Jy maak altyd met ons nes ons klein babatjies is," sê Engela.

"Nou ja," sê Loeloeraai. "Ek is dankbaar dat julle verlief geneem het. Maar dis tyd om te slaap. As ons wakker word, sal ons deur die grot vaar met ons sfeer om te ondersoek. Ons is mos darem nie van plan om ons lewe hier te verslyt nie."

"Hoe so?"

"Ons weet nog net so min van 'n uitweg as toe ons daar in die barste verdwaal was. En weet julle ons is al agt dae in die maan. Ons wou maar net bly tot nuwe maan om na 'n volle blinke aarde terug te snel."

En waar ons daar was, het ons op 'n bed van blomme aan die slaap geraak, gesus deur die gegons van vlinders, die gesang van voëls, en die geruis van die waters.

14. VAARWEL

TUSSEN die blombehange pilare deur, oor die waters van die binnemaanse see, het die sfeer ons gevoer. Hier deur 'n noue gang, daar weer in 'n onafsienbare grot met sy verwelf duisende voet oor ons kop, van toneel tot toneel, van skoonheid tot skoonheid.

"'n Paradys," sê Engela.

"'n Gevangenis," sê ou Stoffel. "Dit lyk my ons was slim genoeg om die één ingangetjie van die fuik te kry."

"Kyk daar voor, Stoffel," sê Loeloeraai.

En ons kyk, en tussen 'n lange laan van pilare deur sien ons skyn 'n ander soort lig as wat ons tot nog toe hier in die grot gehad het.

"Pappa," sê Engela, "dis die son wat daar skyn! Kyk die lig op die watertjies."

En dit was ook so. Weldra gly die sfeer onder die laaste boog deur, en oor ons kop was die bloue lug. Oor die gang waar ons uitgekom het rys die loodregte kranse derduisende voet – ja, honderde honderde myle. En van bo af skyn die son.

"Praat van 'n fuik, oom Stoffel," sê Engela, "hier is genoeg ope-ning. Dit lyk vir my die helfte van die maan makeer aan die agter-kant."

"Ja, Engela," sê ek, "hier makeer 'n groot stuk. Die anderkant-ste kranse kan ons nie eens hiervandaan sien nie – hulle is agter die see-horison. En toevallig is hierdie opening aan die agterkant van die maan. Anders sou die sterrekundiges op die aarde nie vandag nog onder die indruk gewees het dat daar geen water op die maan is nie."

"Sou hulle dan die water daarvandaan kon beken het, Pappa?"

"Hulle sou seker die weerkaatsing van die son in die water kon gesien het."

"Ons het dit dan nie van die sfeer af op die aardse oseane ge-sien nie?"

"Soos ons geplaas was het dit die son skuins op die oseane geval. Sy beeld kon dus nie na ons rigting teruggegooi word nie."

"Loeloeraai," sê sy, "dan het jy daardie slag dwarsdeur die maan met ons gekom solank as ons geslaap het tussen die barste deur?"

"Nie deur die middel nie, Engela. Ons sal maar moet tevrede wees om nie te kan gaan rapporteer dat ons die senter van die maan besoek het nie. Maar soos jy nou sien – die gange het my om en om gebring tot aan die agterkant. Ook nie in die middel van die agter-halfrond nie – ons is maar net die hoekie om."

"Hoe weet jy dit, Loeloeraai?" Engela is altyd parmantig.

"Dis vier dae van nuwe maan af, Engela. En dan sal die son regaf skyn op die senter van die agterkant. Nou skyn hy hier regaf."

"En nou?"

"Wat sê jy, Kerneels?"

"Ek is nog nie moeg nie, Loeloeraai. En jy, Vroutjie?"

"Jy weet, Ouman, Loeloeraai gaan ons by die huis bring en dan vertrek hy na sy eie tuiste toe en ons sal hom nooit weer sien nie.

Laat ons maar nog 'n paar dae hier oorbly. Hoe sal dit daar op die eiland wees daar ver op die rand van die see?"

"Nou ja, goed," sê Loeloeraai. "Ons sal wag tot dit volle aarde is en dan sal ons die terugreis aanvaar."

"Kerneels," sê ou Stoffel toe ons op die eiland tot rus gekom het, "praat tog met 'Die Burger' en sê hulle moet vir Soetlief 'n telegram stuur om my oor veertien dae te verwag."

"Hello," sê ek, "hello! Is dit Dawie daar? Jong, kry tog 'n telegraafvorm in die hande voor ons verder gesels. Het jy hom? Nou ja, skryf. Oom Stoffel, sê voor: 'Van Stoffel aan mevrou Gieljam, Asdod. Al my liefde Soetlief ek is al dood van die verlange en jy? Ons is almal fris en Neelsie het nog nie weer van die rentetjies gepraat nie ons sit hier op 'n eiland in die middel van 'n maansee met kranse om ons wat tot teen die hemel reik en ons kyk weg van jou af waar geen aarde ooit was nie want ons is op die rug van die maan laat hulle tog onthou om die veewagter se meel te stuur ek dink dis sy maand vir die velskoene ook en Engela is deur haar klere anderkant uit sy het vandag vir die eerste maal die tweede maal dieselfde rok aangehad en laat weet vir Smuts Engeland kan nou maar weer oorlog maak ek kom tot siens Soetliefie.' "

Die laaste paar dae – maar dit was natuurlik een aanhoudende dag aanmekaar; die son het maar stadig, stadig verder oorgetrek sonder om onder te gaan – het soos 'n droom verbygevlieg totdat die uur van ons vertrek op hande was.

"Neem ons niks van die maan af saam nie?" vra Engela.

"Nee, my kind," sê ek. "Ons kon saad saamneem, maar wat hier op sy plek is, kan daar vervuil. Dit gaan dikwels met ingevoerde plante so. En wat die diere betref – ek kry dit nie oor my hart om 'n voëltjie se nek om te draai wat ewe vertrouelik op my skouer kom sit nie. Buitendien, as die aardse wetenskaplikes van hierdie spesimens sien, word hulle net meer woedend. Nou kan hulle vir hulle nog troos met te sê ons lieg dat ons hier lewe aangetref het. Maar ons moet darem 'n aantekening van ons besoek laat – al is dit vir 'n nageslag wat oor honderdduisend jaar eers die besoek sal kan herhaal."

"Waar sal jy so 'n onverganklike stuk materiaal kry om jou opskrif op te maak?" vra ou Stoffel.

"Daar is maar één ding wat nie roes of vergruis nie," sê Loeloeraai en hy klim in die sfeer in en na 'n rukkie kom hy terug met 'n vierkantige blok wat hy nie op die aarde sou kon opgetel het nie, van dieselfde geel materiaal van die sfeer. "Krap jou opskrif op hierdie goudblok uit, Kerneels."

"Wat?" sê ou Stoffel, "en dan laat jy die skat van goud hier bly?"

"Ek het baie meer saamgebring in geval ek 'n ruilmiddel op die aarde sou nodig kry, Stoffel. Wat maak ek daarmee? Terugneem Venus toe? Dis niks meer werd as klippe daar nie. Ek kon dit op die aarde agterlaat maar julle het genoeg daar om mee kwaad te doen."

"Kerneels," sê oom Stoffel, en die ou haal 'n sakboekbeursie uit, soek 'n klompie papiertjies deur en kry een in die hande wat hy wou hê. Hy skeur dit middeldeur en gee dit vir my. Dit was my bewys aan hom.

"Nee, oom Stoffel," sê ek, "hoe kan ek die kwytskelding van jou aanneem?"

"Omdat ek jou oom is," sê die ou. "As dit nie vir Grietjie was nie – en dat sy daar is, is nie jou skuld nie – dan was jy my erfgenaam hoewel ek sou gesorg het vir 'n fideikommies want jy's 'n gebore deurbringer. Maar al was dit ook nie so nie, ek dink die kwytskelding sal bitter min verskil maak aan die betaling. En Loeloeraai het my seer gemaak. Wragtig ek dink as ou Watwo hier was, het hy jou ook ontslaan. Maar dis beter so – jy sou alte ongelukkig wees sonder skuld."

"En nou vir die opskrif," sê ek. "Die goud sal hou en die letters sal bly, maar daar is vandag opskrifte van die Kretense wat niemand kan ontsyfer nie. Watter taal sal ek gebruik wat oor honderdduisend jaar nog verstaan en gelees sal kan word?"

"Ons s'n is die jongste, Pappa. Hy sal die langste leef."
En toe het ek met my sakmes op die goud uitgesny:

HIERDIE GEDENKTEKEN
is hier gelaat deur
LOELOERAAI van VENUS
en deur
STOFFEL en KERNEELS en LENIE
en ENGELA van die AARDE
in die 23ste jaar van die 20ste eeu
van die Christelike Jaartelling

"Kerneels," sê Loeloeraai, "al is dit uit 'n buitensporige oormaat van versigtigheid, ek sal 'n ander aanduiding laat wat hulle dadelik sal kan lees." En toe teken hy agter op die blok die sonnestelsel met 'n tittelstrepie van Venus met een mensefiguurtjie tot by die Aarde, en daarvandaan met nog vier figuurtjies tot by die maan.

"En die datum, Loeloeraai? Hoe sal hulle weet wanneer ons hier was?"

"Maklik genoeg," sê Loeloeraai. "Ek het die jare tot op tien duisende bepaal, en die maand en dag tot op die oomblik, deur die maan en die planete in die verhoudingsposisies te plaas wat hulle nou inneem. En waar dit op honderdduisende jare aankom, hoef ek maar net een gesternte so af te beeld soos hy nou vertoon. By daardie tyd sal die aardse sterrekundiges die eie bewegings van die sterre goed genoeg ken om te kan agteruit reken. Kyk, daar teken ek die Suiderkruis."

Soos die aarde vir ons kleiner en kleiner geword het op die heenreis, so het hy natuurlik groter en groter geword op die terugreis totdat hy die hele helfte van die sterre-omwelf bedek het. En nou was hy ten volle lig. En ons het reguit op hom af gery. Die eerste maal het ons 'n punt op die omdraaiende velling gesoek;

hierdie slag was die naaf ons bestemming. Agter ons, naby die son, was Venus. Loeloeraai moes eers wegry van sy tuiste af om ons tuis te bring.

"My vriende, ek gaan met 'n bedroefde hart, want ons sal mekaar nooit weer sien nie. Maar dit kan nie anders nie – julle roeping is op een plek, myne is op 'n ander. Laat ons dankbaar wees vir die voorreg dat ons kon kennis maak; ons lewe sal soeter wees om die herinnering soos wanneer die jare oor die graf van 'n dierbare verlorene gegaan het. Ek is baie hartseer dat ek niks vir die geluk van die arme lydende aardbewoners kon doen nie: as ek iets gedoen het, sou ek kwaad gedoen het.

"Stoffel, ek het nie jou vrou en jou dogter ontmoet nie, maar ek het jou ontmoet, en dit gee my moed vir jou nasie. Geleerdheid is 'n saak van een menselewe: die dinge wat van dieper betekenis is, is 'n erfenis van geslag tot geslag. Laat Soetlief en Margarita my vergewe vir my vrypostigheid maar ek gee jou 'n kleine aandenking vir hulle. Soetlief sal dit na haar dood aan Margarita laat.

"En ook één vir jou Lenie, en ná jou dood vir Engela. Vir julle hoef ek nie om verskoning te vra nie."

En toe haal hy twee goue kissies te voorskyn. In elk was 'n snoer van diamante soos op aarde nog nooit gesien was nie.

"Ons is al terug in die aardse lug," gaan Loeloeraai voort. "Maar ons sal stadig daal, en as ons laag genoeg is, sal ek die ruite maar oopmaak."

"Pappa – ek dink ek ken die berge. Watter vaal plek is dit daardie?"

"Oudtshoorn, my kind."

Nader, nader... ons kan die huise beken.

"Pappa, daar staan Jakhals en Herrie en opkyk by die somerhuis!"

Net soos ons tot rus kom, soen Loeloeraai elkeen van ons en hy tel ons uit.

"Vaarwel, my vriende," sê hy; die deksels skroef toe; die sfeer styg vinniger en vinniger tot die laaste blink glanse in die hoogte verlore gaan.